DJUPT

UNDER YTAN

Första boken
om
Monica i Dörja

2:a upplagan

ARNE G D JOHANSSON

DJUPT

UNDER YTAN

© 2019 Arne Johansson (2:a upplagan)
Omslagsfoto: A.Johansson
Förlag: BoD – Books on Demand, Stockholm, Sverige
Tryck: BoD – Books on Demand, Norderstedt, Tyskland
ISBN: 978-91-7699-710-9

Första kapitlet

Annonsen var liten, men den fångade ändå hennes intresse. Det var bilden, bilden av den röda stugan, som liksom drog hennes blickar till sig.

Det handlade inte bara om blickar. Det var som om hela hennes innersta, hela hennes varelse, liksom sögs in i den där bilden.

Hon läste annonsen igen. Inte mycket till text. Bara en mycket vanlig annons om ett objekt till salu någonstans på landsbygden ganska långt från den stad där hon bodde.

Men bilden! Det var bilden som mer eller mindre tvingade henne att slå numret till den aktuella mäklarbyrån och höra sig för om stugan som var till salu i Dörja by.

Det var en mycket alert och mycket försäljnings-inriktad yngre mäklare som tog emot hennes samtal.

Hon fick veta att huset stått tomt ett tag. Det hade periodvis använts som sommarboende för några familjer vilka samtliga var ägare till stugan.

Nu hade de olika ägarna kommit fram till att de inte längre var intresserade av att ha stugan kvar. Ingen av dem ville lösa ut de andra så den bästa lösningen var att få stugan såld till någon som ville ta sig an den. Det var allas önskan att den inte bara skulle stå och förfalla och läget var sannerligen inte det sämsta även om den låg ganska nära vägen. Men det var inte så väldigt mycket trafik på den lite mindre landsvägen så det borde inte utgöra något problem.

Skulle de kanske träffas för en visning av objektet?

Monica lyssnade till den ivrige mäklaren utan att komma med så många kommentarer själv. Hon visste ju redan hur hon ville ha det, men lät honom ändå prata av sig.

Stugan hade fångat henne!

Hon skulle ha den!

Hon skulle till Dörja by!

De gjorde upp om en tid att mötas och så var samtalet slut.

Monica Björkengren bestämde sig för att ta god tid på sig för besöket i Dörja by. Hon hade möjlighet att själv reglera sin arbetstid och eftersom hon för tillfället hade det lite lugnare, i den verksamhet som hon drev, kunde hon offra ett par dagar för att på ort och ställe fatta det avgörande beslutet.

Hon åkte till den närliggande staden Kornlanda och tog in på ett hotell där. Det kunde vara skönt att kosta på sig lite extra lyx någon gång ibland. Hon hade råd med det, men ändå blev det inte så ofta. Kanske berodde det på att hon kände att det fattades något i hennes liv. Eller kanske rättare sagt någon.

Hon hade haft en del romanser i unga år, men blivit mer eller mindre bränd. Sedan hade det gått ett antal år då hon bestämt sig för att satsa allt på sitt yrke och sin karriär utan att inlåta sig i några djupare förhållanden.

Men nu kände hon att hon var i en fas i livet då det började kännas tomt att alltid vara ensam. Ja, riktigt ensam var hon ju inte eftersom hennes mamma bodde i samma stad som hon själv och gärna såg att dottern var i hennes närhet så mycket som möjligt.

Men det var ju inte detsamma och även om hon alltid haft ett gott förhållande till sin mamma så kunde denna inte fylla de allra djupaste behoven som fanns där längst inne.

Nu, när hon närmade sig de fyrtio åren med stormsteg, blev olika värden i livet på nytt aktualiserade och fick andra dimensioner än de haft tidigare.

Kanske kunde stugan i Dörja by leda till något mer?

Frampå eftermiddagen tog Monica bilen och åkte iväg ut mot Dörja by. Det var en underbar försommardag, en sådan där dag som tycks kunna vara hur länge som helst. En dag då solen verkligen inte har bråttom att gå ner.

När hon svängde in på den mindre landsvägen som ledde rakt genom Dörja började vissa minnen att göra sig påminda. Minnen från en avlägsen barndomstid.

Hon kunde inte direkt placera minnena rent geografiskt, men blommande körsbärsträd, mörk granskog och små åkrar där vårsådden grönskade gav en återklang i hennes allra innersta gömmor.

Det fanns faktaluckor från hennes första barnaår som hon aldrig fått förklarade. Hennes mamma hade konsekvent vägrat att berätta något om de allra första åren i hennes liv. De fragmenterade minnen som hon själv hade från sina första levnadsår fick aldrig någon näring i samtalen med mamman. Det enda hon visste med säkerhet var att den man som hon kom att kalla pappa inte alls var hennes pappa. Han var en godhjärtad och mycket förmögen man som hennes mamma träffat och gift sig med det året Monica skulle fylla fyra.

Så från början av 1940 fanns en tydlig och detaljerad historiebeskrivning även för Monica Björkengren. Det fanns fotografier som gav stöd för minnet och som man kunde återvända till och känna tacksamhet för.

Några syskon blev det aldrig för Monica. Och alltför tidigt drabbades den lilla familjen av olycka och sorg då direktör Björkengren råkade ut för en trafikolycka och lämnade Monica och hennes mamma ensamma igen. Monica hade då precis gått ut sjätte klass.

Men visst hade Monica minnen från de allra första åren. Det var bara det att minnen som hon inte fick dela med någon tenderade att blekna alltmer med åren. De fanns där, men de fick aldrig någon riktig chans att hävda sig mot allt det andra, det som hände efter flytten.

För nog hade det varit så att Monicas mamma hade flyttat till staden, där hon fortfarande bodde, i samband med att Henry Björkengren kommit in i hennes liv och förändrat hennes livs förutsättningar på ett mycket drastiskt och positivt sätt.

För Monica innebar det ju en helt ny miljö och när därtill hennes mamma gjorde allt för att sudda ut den gamla miljön med dess minnen så blev det nästan som om hennes liv började när hon flyttade in i huset som sedan förblev hennes hem, och som på sätt och vis fortfarande var det även om hon sedan många år tillbaka bodde i en egen elegant lägenhet i den centrala delen av den stora staden.

Gruset knastrade under fötterna när hon parkerat bilen på en mindre skogsväg och tog sig till fots den sista biten till stugan som låg där så vackert inbäddad bland blommande körsbärsträd och med den mörka och mäktiga granskogen som bakgrund.

Hon stannade till en bit från huset och tog in hela bilden samtidigt som hon blev påmind om att hon, som så många gånger, hade glömt att ta med sig kameran. Det hade passat bra att föreviga den fantastiska bild som hon hade framför sig, men kanske hade det mindre betydelse i det stora hela.

Någon hade klippt gräset närmast huset och gjort ett halvhjärtat försök att rensa bort det värsta ogräset från den smala grusgången som ledde in mot entrén.

Det var tyst och lugnt runt huset. Det enda som hördes var lite surr från bin eller humlor och andra insekter och ett stilla sus i de resliga granarna.

Monica stod alldeles stilla och bara andades in. Det här var något alldeles speciellt. Det här var något som talade till henne på ett sätt som inget annat i världen kunde göra.

Det var något märkligt med stugan. Det var något så bekant över den. Det hade inte något med bilden i annonsen att göra. Det var något annat som gav genklang i hennes allra innersta, något som väckte slumrande minnen.

Hon kastade en blick på klockan och kunde konstatera att det började bli kväll, men eftersom försommarkvällen var ljus och lång kände hon ingen stress.

Hon gick fram till ett av fönstren och kikade in och det var som om det helt plötsligt blev liv i det gamla huset.

Nu visste hon det med säkerhet. Hon hade varit i ett hus som det här tidigare i livet. Det kunde inte bero på något annat än just detta. Det var kanske inte just här, i Dörja by, som hennes förträngda barndomsminnen hörde hemma men det var i en miljö, i en omgivning som var så snubblande nära det som hon stod inför just nu. Det var i ett sammanhang som hade anknytningspunkter med den gamla stugan som hon tagit sina första stapplande steg på en lång och innehållsrik livsvandring.

Men var det verkligen här eller var det bara i en liknande miljö? Det fanns förstås hundratals byar som såg ungefär likadana ut på olika platser i landet.

Men ändå! Nu kom minnena med full kraft, de minnen som hon gång på gång försökt ta upp med sin mamma. Men varje gång som hon gjort ett allvarligt försök att väcka liv i de diffusa minnena från hennes allra första levnadsår hade hennes mamma fört in samtalet på ett annat spår. Det hade hela tiden funnits en oöverkomlig mur mot den tid som låg före Henry Björkengrens inträde i deras liv.

Det hade inte hjälpt om hon frågat snällt och försynt eller om hon rasat mot modern för att hon inte ville prata om det som var så viktigt för hennes dotter. Inget hade förmått rubba moderns beslut att låta tiden före flytten vara ett avslutat och för alltid bortstädat avsnitt av hennes liv.

Monicas mormor och morfar hade förstås funnits där, men även dessa hade varit som en mur då det gällde det som låg bortom dotterns och dotterdotterns inträde i den Björkengrenska släkten.

De hade aldrig varit och hälsat på hos mormor och morfar. Det hade alltid varit morföräldrarna som kommit på besök och någon brevväxling dem emellan hade inte varit aktuellt heller. Visst hade det känts konstigt ibland, men på något sätt hade Monica vant sig vid det och när sedan både morfar och mormor ganska hastigt gick bort med kort mellanrum var dörren definitivt stängd till det förgångna.

Hennes försök att komma förbi den stängda dörren till det förflutna hade avtagit med åren. Hon hade till sist nästan accepterat att få leva sitt liv utan att ha riktig kontakt med sina rötter. Men nånstans längst därinne kände hon ibland att hoppet trots allt ännu inte helt lämnat henne. Det fanns fortfarande en liten glimt av tro på att det till sist, på något sätt, skulle kastas ljus över hennes djupa längtan efter att få svaret på frågan. Frågan om vem som var hennes biologiska pappa.

Och på något sätt kändes det som om annonsen om stugan, telefonsamtalet till mäklaren och resan till Dörja hade en viktig roll att spela. Hon kunde inte förklara hur, men en känsla som hon hittills inte haft hade plötsligt infunnit sig.

Monica var så djupt försjunken i det förgångna att det var nära att hjärtat stannade på henne när hon plötsligt fick höra en röst som sa:

– Spekulant eller bara nyfiken…

Andra kapitlet

Mannen som uttalade orden stod bara några meter ifrån henne och betraktade henne med en svårtydd blick. Monica upplevde omedelbart en känsla som hon inte var riktigt bekväm med. Det var något speciellt med mannen som tycktes ha dykt upp från ingenstans. Som tycktes mer eller mindre ha smugit sig på henne.

Hon försökte sig på ett litet leende medan hon tog kontroll över de olika känslorna som kämpade om herraväldet i hennes inre.

– Spekulant skulle man kanske kunna säga, sa hon sedan och försökte låta så normal som möjligt på rösten. Vem är det som frågar?

Mannen log tillbaka men hans leende verkade lite överdrivet för att kännas helt äkta, men det fanns ändå något förtroendeingivande över hans sätt.

– Valter Lagberg, sa han och närmade sig henne med utsträckt hand. Ursäkta om jag skrämde er, men jag kunde inte låta bli när jag såg ert genuina intresse för det som finns inne i huset.

Monica tog den utsträckta handen.

– Monica Björkengren. Jag måste nog erkänna att jag blev en aning skrämd. Jag var ganska djupt försjunken i en massa tankar som kom för mig när jag kikade in genom fönstret.

Hon log igen och han nickade.

– Så kan det bli ibland, sa han. Jag hoppas att ni kan förlåta mig i alla fall.

Han verkade ärlig i sina försök att släta över det lite klumpiga sättet som han närmat sig henne på.

– Äsch, det är väl inte så mycket att be om förlåtelse för, sa hon i lätt ton. Jag kan faktiskt förstå att det verkade lockande med tanke på situationen.

– Så då stryker vi ett streck över det då, sa Valter och slog ut med armarna.

– Självklart!

Monica kände att hon var sig själv igen. Nu behärskade hon situationen och kunde själv le lite åt sin egen reaktion när mannen bröt tystnaden omkring stugan.

– Ni är alltså spekulant på det här gamla huset, sa Valter. Inte för att jag har med saken att göra, men lite nyfiken blir jag faktiskt ändå. Hur kan det komma sig? Vad jag kan förstå är ni inte från trakten direkt. Då skulle jag troligtvis ha känt igen er. Sa ni att ni heter Björkengren? Kan det vara så att jag hört det namnet vid något tillfälle? Det känns nästan så, men jag kan ju ta miste. Ett inte alltför vanligt namn i alla fall.

Monica blev på sin vakt. Varför detta intresse från mannens sida? Hade han någon del i stugan kanske?

– Du får gärna säga du, sa hon, för det tänker jag göra. Det där niandet blir bara så tillkrånglat och opersonligt. Ursäkta att jag frågar, men har du kanske något speciellt intresse i stugan eftersom du undrar över orsaken till mitt intresse?

Hon gav mannen en forskande blick som han hade svårt att möta. Han lyfte blicken upp mot husets taknock innan han svarade:

– Nja, jag vet inte riktigt hur jag ska säga, sa han till sist. Jag tillhör inte säljarna, om det var det du undrade över. Dom består av några andra som är släkt med varandra, men i den släkten ingår inte jag. Men jag bor här i Dörja och har ett ganska stort intresse av byns och bygdens väl och ve. I det ingår också att ha lite koll på vem som flyttar in i byn och av vilka skäl som man gör det. Låter kanske lite konstigt i dina öron, men utan att försöka verka märkvärdig på något sätt så har jag nog en ganska viktig roll i många av våra invånares ögon.

Han log igen, men leendet var inte riktigt äkta den här gången heller. Det var något som störde bilden av mannen som på detta lite framfusiga sätt presenterade sig själv.

Monica visste inte riktigt hur hon skulle fortsätta det lite märkliga samtalet. Det hade liksom utvecklats i en riktning som hon aldrig hade kunnat tänka ut själv. Två främlingar som möttes vid en stuga som var till salu brukade väl knappast föra sådana samtal? Var det inte lite konstigt att den här mannen utan vidare krusiduller introducerade sig själv i hennes liv som en mycket betydelsefull person?

Var det kanske ändå så att han hade ett intresse i stugan? Han kanske var ute efter den själv och såg en möjlighet att dämpa hennes eventuella intresse för en affär. Var det ett försök att bli kvitt en konkurrent vid en eventuellt kommande budgivning?

– Jag har nog inte så mycket mer information att komma med i det här läget, sa Monica lite trevande. Jag såg annonsen och blev intresserad. Jag har väl inte några speciellt djupt liggande skäl till mitt intresse för just den här stugan, men eftersom jag faktiskt haft funderingar på att skaffa mig något i den här stilen så kan det här objektet säkert vara ett bra alternativ att överväga.

Hon gav noga akt på Valters ansiktsuttryck medan hon pratade. Hon var en god människokännare och kunde ganska väl läsa av om det var något som "tog skruv" hos den andre. Men kanske var det på det viset att mannen i hennes närhet var ganska ointresserad eller var han en mycket god skådespelare för hon kunde inte hitta något som liksom stack ut i hans sätt att vara.

Det var bara en sak som gnagde någonstans långt därinne. Något som hon försökte att slå ifrån sig, men som ändå gav sig tillkänna igen. Det var något med Valter Lagberg som person. Det var helt enkelt något bekant över honom trots att hon var helt säker på att hon aldrig hade sett honom ens på avstånd förrän den här eftermiddagen vid den gamla stugan i Dörja by. Och att han påstod att namnet Björkengren skulle kunna vara lite bekant för honom gjorde henne också fundersam.

Valter nickade sakta vid hennes förklaring.

– Jaja, så kan det ju bli, sa han sedan. Då får vi väl avvakta och se om det blir någon affär eller inte. Jag ska inte uppehålla dig längre. Se dig du omkring. Det är väl mest skog, men ändå nära vägen, om du förstår vad jag menar.

Han avslutade liksom inte det hela utan lät kommentaren hänga kvar i luften. Så vände han sig om för att gå, men vred huvudet mot hennes håll igen för att säga:

– Och än en gång förlåt för att jag skrämde dig! Ha en fortsatt fin kväll! Vi kanske ses igen! Hej då!

– Glöm den där lilla fadäsen, sa Monica medan hon såg ryggen på mannen försvinna runt knuten. Ha det bra själv!

Hon stod kvar en bra stund och såg mot platsen där Valter försvunnit.

Så ryckte hon lite på axlarna för att liksom skaka av sig den konstiga känslan som mötet med Valter Lagberg skapat i hennes inre. Hon tog ett djupt andetag och intalade sig själv att hon på något sätt förstorade upp det som just hänt. Det var kanske inte alls något underligt med det hela. Hon hade stått och kikat in genom ett fönster. Han hade, av någon anledning, haft vägarna förbi stugan och utan att tänka igenom konsekvenserna hade han tilltalat henne på det lite överraskande sättet utan att först försökt göra henne uppmärksam på att hon inte var ensam vid stugan.

Hon skrattade lite för sig själv för att avdramatisera hela händelsen och tyckte kanske att hon lyckades hyfsat med detta även om det satt kvar någon liten tagg längst därinne.

Hon lämnade sin plats vid stugans fönster och tog en liten runda utmed den gamla gärdsgården som inhägnade det som utgjorde själva tomten. Sedan visste hon att marken som hörde till stugan var större än det som kunde betraktas som tomt. Det fanns en liten bit mark som fortfarande användes som åkermark och så skulle det även vara något hektar som var skogbevuxet precis bakom det lite förfallna uthuset som nog en gång i tiden hade varit en mycket liten ladugård.

Monica kände hur lugnet återvände medan hon strövade i de närmaste omgivningarna till stugan. Hon kände hur det gav en sådan vila för själen att bara vandra omkring i den ljumma sommarkvällen och höra fågelkvitter, humlesurr och sus av stora granar och tallar.

Hon kände en sådan frid i sitt inre. Hon kände det som om hon hörde hemma här på ett sätt som hon nog aldrig upplevt någon gång tidigare trots att hon haft ett sådant tryggt och ordnat hem under i stort sett hela sin uppväxt.

Detta var annorlunda.

Hon såg fram emot mötet med mäklaren nästa dag. Det borde inte vara några större problem för henne att bli ägare till detta drömställe. Hon hade de ekonomiska resurserna och började redan i tanken planera för en upprustning av stugan så att hon skulle kunna ha den som en fast punkt i tillvaron, en plats att fly undan till när hon behövde koppla av och finna vila för både kropp och själ.

Det var så konstigt, men hon kände ingen som helst oro inför de stora förändringar som det skulle kunna innebära. Hon kände bara en pirrande längtan efter att få komma igång.

Tredje kapitlet

Den unge mäklaren skruvade lite på sig i stolen där han satt mitt emot Monica. Det verkade inte bara vara den tilltagande sommarvärmen som plågade honom en aning. Det var något annat som gjorde situationen obekväm för honom.

– Vad menar du, sa Monica med tillkämpat lugn. Stugan är enligt annonsen till salu. Det finns ett begärt pris och det finns ett antal säljare som inte vill något annat än att få en köpare som kan betala för sig. Jag kan betala. Kontant, om det så krävs!

Mäklaren såg olycklig ut.

– Det, började han. Det har uppstått en liten komplikation. Jag visste inte om det här förrän sent i går kväll. Jag får inte sälja stugan därute till vem som helst. Det finns vissa krav som måste uppfyllas när det gäller en eventuell köpare.

Han andades tungt och kunde inte möta Monicas blick.

– Och vilka är dom kraven? Vem är det som har ställt upp dom? Hur kan du veta att jag inte uppfyller kraven förresten?

Mäklaren harklade sig och tog en klunk vatten, ur glaset som han hade bredvid sig på bordet, innan han tog till orda igen.

– Det låter kanske konstigt, men man måste tydligen ha någon anknytning till Dörja by för att komma ifråga som köpare. Det gör förstås antalet presumtiva köpare färre till antalet. Eller är det kanske så att ni har någon form av anknytning till Dörja?

Han såg ut som han plötsligt börjat få övertaget i en mycket märklig kraftmätning mellan honom, som egentligen skulle göra allt för att sälja, och kvinnan mitt emot honom, som väl egentligen skulle göra allt för att komma så billigt undan som möjligt.

Monica fortsatte att granska den unge mäklarens ansikte utan att få riktig ögonkontakt med honom.

Skulle hon säga att hon hade en känsla av att det fanns en samhörighet mellan henne och stugan? Att det uppstått något mellan henne och köpeobjektet som inte kunde förklaras med ett bättre ord än kärlek rätt och slätt. Hon hade blivit förälskad i en gammal stuga i närkontakt med skogen och med landsvägen strax utanför grinden.

Vem skulle bry sig om det?

– Du svarade inte på min andra fråga, sa hon och försökte borra blicken i den unge mannens flackande ögon. Vem är det som nu, helt plötsligt, kommit med kompletterande krav på en köpare av ditt försäljningsobjekt?

Mäklaren svarade inte med en gång. Han började plocka med sina papper på bordet som om han måste läsa innantill någonstans för att kunna svara på frågan som han hade hoppats att slippa undan.

– Vem?

Monicas röst hade stålklang nu. Det var inte för inte som hon hade studerat och utbildat sig inom juridikens område. Nu hade hon en personlig nytta av det som så många andra hade haft nytta av med henne som stöd.

Den unge mäklaren visade med all tydlighet att han helst av allt skulle vilja vara någon annanstans. Hans nervösa plockande med sina papper och den lite irrande blicken talade sitt tydliga språk. Han tycktes inte sitta bekvämt på stolen heller.

– Ja...jo, sa han med en röst som inte alls kunde kopplas samman med den ivrige och framåtsträvande försäljaren som Monica pratat med för några dagar sedan. Det är väl någon av säljarna, tror jag...

– Tror?

– Ja, jag måste kanske kolla upp det lite närmare. Det kom så överraskande för mig också. Jag hade inte en aning om det förrän igår kväll, som jag sa. När Val...

Han avbröt sig hastigt och såg mycket olycklig ut.

– Val, sa Monica. Är det en av säljarna kanske? Det är ju, som du berättade för mig i telefon, ett antal säljare bakom den här affären. Jag skulle kanske kunna prata med någon av dem själv förresten. Du har väl telefonnummer till dom, antar jag.

– Ja...jo...visst, mer eller mindre stammade den olycklige mäklaren. Fast jag vet inte om dom vill bli direkt inblandade förrän det finns ett konkret bud från en köpare som inte hindras av något.

Monica log. Det var kanske inte det allra trevligaste leendet som hon kunde leverera, men hon kunde inte låta bli. Det måste bli ett slut på de här otydligheterna.

– Då kan jag tala om för dig att det finns ett mycket konkret bud här och nu, sa hon. Jag är beredd att betala exakt vad dom har begärt för fastigheten. Och skulle det vara så att dom vill diskutera priset så är jag faktiskt beredd att göra det också inom rimliga gränser. Men först och främst så vill jag ha en personlig kontakt med den, eller dom, som är din kontakt för säljarna. Det vill jag ha här och nu. Slå numret så tar jag hand om luren sedan!

Mäklaren gapade av förvåning.

Vad var detta för en kvinna? Hur skulle han rädda sig ur den här situationen? Fanns det fortfarande en utväg eller måste han acceptera kvinnans tydliga krav?

– Nå!

Det fanns tydligen ingen möjlighet för honom att klara sig ur knipan även om han visste att han skulle hamna i en minst lika besvärlig knipa med en annan person om han gav efter nu. Vilket alternativ var det minst obehagliga? Skulle han kanske försöka ringa sin chef innan han gjorde något annat?

Medan han låtsades leta efter det aktuella telefonnumret for tankarna runt i huvudet på honom. I sin iver att flytta papper hit och dit på skrivbordet råkade han placera några av dokumenten mycket nära Monica.

Monica såg sin chans och tog ett pappersark där hon skymtade vilka som var säljare till fastigheten som hon så gärna ville köpa. Hon ögnade snabbt igenom sidan och log igen mot den nu alltmer pressade mäklaren. Nu var hennes leende mycket snällare.

– Nej, men här har vi ju säljarna, sa hon. Då är ju det problemet ur världen. Vill du låna mig din telefon eller ska jag kanske ringa från någon annan plats?

Mäklaren räckte över telefonen utan någon kommentar.

Monica slog det första numret som var angivet och väntade medan ringsignalerna gick fram. Det dröjde så länge så hon var beredd att ge upp innan en mansröst svarade:

– Det är Olle!

– Hej, mitt namn är Monica Björkengren. Är det Olof Svensson jag talar med?

– Det stämmer gott det.

– Bra! Orsaken till att jag ringer är att jag just har varit och tittat på er fastighet som är till salu i Dörja. För det stämmer väl att ni är en av säljarna till den fastigheten?

– Jo, nog är det så.

Mannen verkade inte så värst talför. Inte fler ord än nödvändigt, tänkte Monica.

– Nu sitter jag hos mäklaren här i Kornlanda, fortsatte hon. Jag är mycket intresserad av stugan och är beredd att göra affär, men det har tydligen inträffat något som komplicerar det hela om jag förstått saken rätt.

– Jaså?!

Han lät både överraskad och frågande.

– Ja, enligt mäklaren här så skulle det ha tillkommit ett krav på den som skulle kunna köpa stugan. Det handlar om att det måste finnas någon form av personlig koppling mellan en eventuell köpare och Dörja by. Låter lite underligt i mina öron, men enligt mäklaren så skulle det kravet ha kommit till hans kännedom så sent som igår kväll.

Det var tyst en stund i telefonen.

Monica såg hur den unge mäklaren våndades på sin plats bakom skrivbordet.

– Vem i hela världen skulle ha gett honom såna uppgifter? Det är absolut inget som jag har hört talas om i alla fall, sa Olof Svensson och tonläget avslöjade klart och tydligt att han var mycket förvånad, ja kanske till och med indignerad. Skulle det vara någon av oss säljare som har meddelat honom detta?

Monica log lite.

– Det verkar så. Han hade något namn på tungan, men det framkom inte tydligt vem det var. Men ni kan få prata med honom själv om ni vill, sa hon. Han sitter här mitt emot mig. Det är på hans telefon som jag ringer.

– Gärna!

Med ett leende som mäklaren förmodligen hade svårt för att uppskatta räckte Monica över telefonen till honom.

– Ja, goddag!

Mäklaren hade nog helst sett att Monica Björkengren hade försvunnit ur närområdet under tiden som samtalet som följde pågick. Det blev inte så mycket sagt från hans sida men det hela tycktes ändå mynna ut i någon form av överenskommelse mellan honom och Olof Svensson.

Lite röd om kinderna var han ändå när han avslutade samtalet och vände sig mot Monica, som lugnt suttit kvar utan att verka alltför angelägen om att lyssna till samtalet mellan mäklaren och säljaren.

– Joo, sa mäklaren och verkade fortfarande väldigt obekväm med den vändning som det hela tagit. Det verkar vara en del missförstånd omkring den här affären och de eventuella krav som skulle finnas när det gäller en lämplig köpare. Som jag förstått det nu så finns det inga hinder från säljarens sida. Det betyder väl rätt och slätt att om ni fortfarande är intresserad så kan vi diskutera slutpriset och andra praktiska detaljer...

Han drog djupt efter andan som efter en stor fysisk ansträngning. Svettpärlorna på hans panna talade också sitt tydliga språk om att det här var inte något som han ville uppleva igen.

Monica log. Nu var hennes leende riktigt tilltalande även om mäklaren kanske fortfarande hade lite svårt för att kunna ta det till sig.

– Klart jag är intresserad! Har det inte framgått tydligt redan, kanske?

– Joo, det har det väl.

– Och slutpriset, sa Monica. Jag är beredd att betala begärt pris som jag redan sagt. Finns det några oklarheter omkring det?

– Nej, egentligen inte.

– Då så, sa Monica, reste sig och räckte handen mot mäklaren. Då är vi väl överens! Fixa till nödvändiga handlingar så går jag och tar en fika så länge. Jag är strax tillbaka. Vi kan kanske hinna med ett studiebesök ute vid fastigheten också innan jag signerar handlingarna. Du kan väl ordna det tillsammans med Olof Svensson.

Mäklaren kom snabbt på fötter och tog hennes hand.

–Okej, sa han. Det blir bra. Tack för affären!

Det menar du ändå inte, tänkte Monica.

Fjärde kapitlet

När Monica två veckor senare svängde in mellan de båda lönnarna, som utgjorde en portal in till gårdsplanen, kände hon sig nästan som barn på nytt. Detta var något som hon aldrig tidigare upplevt. Detta var något alldeles speciellt, en milstolpe i hennes liv, en startpunkt för något helt nytt och oprövat.

Nu gällde det att bilda sig en uppfattning om hur stora renoveringsbehoven var och vad som var allra viktigast att ta tag i direkt.

Efter uppgörelsen med den unge mäklaren, och innan köpeavtalet blev slutgiltigt undertecknat av både köpare och säljare, hade hon gjort en första besiktning av fastigheten tillsammans med Olof Svensson, den av säljarna som kommit att bli kontaktmannen och representanten för samtliga säljare.

Hon hade sett att det fanns ett uppenbart behov av en uppfräschning av både det ena och det andra i det gamla huset, men utan att vara någon expert på gamla hus hade hon också insett att det fanns något gediget att bygga vidare på.

Inget hade på något sätt verkat avskräckande. Tvärtom hade hon känt allt starkare att det här var rätt för hennes del. Det var det här som hon saknat, det som skulle berika hennes liv, ge henne en ny dimension av livskvalité.

Olof Svensson hade, trots sin lite karga framtoning, gjort ett mycket förtroendefullt intryck på henne. Han försökte inte på något sätt försköna verkligheten. Han pekade till och med på en del brister som hon kanske inte hade lagt märke till annars. Men det märktes tydligt att han var mycket angelägen om att huset blev sålt och att det blev just Monica Björkengren som blev den nya ägaren. Även om det inte blev sagt fick Monica en känsla av att det fanns en annan intressent som Olof Svensson absolut inte ville se som ny ägare.

Mäklaren hade också funnits med under visningen, men han kom att spela en mycket perifer roll. Något större förtroende hade han ju knappast skapat hos Monica och hon hade tydligt märkt att Olof Svensson också var ytterst reserverad mot den unge mannen. Det var kanske inget att förundras över med tanke på de märkliga vändningar som hans förmedling av affären tagit innan den hamnade på rätt köl igen.

Ingen av dem hade fortsatt att älta det som hänt, men både Monica och Olof ignorerade mäklaren på ett så tydligt sätt att han fann för gott att avvakta utanför huset medan de gick igenom både bostadshuset och uthuset.

När allt var klart hade de återvänt till mäklarkontoret och skrivit på de nödvändiga handlingarna för att göra Monica Björkengren till ägare av den lilla fastigheten i utkanten av Dörja by.

Så hade det varit dags för henne att återvända till sitt hem och sitt arbete men nu med en känsla av att ha något som skulle ge henne något så mycket mer än vad något annat i hennes tillvaro hittills kunnat göra.

Väl hemma igen hade hon hälsat på hos sin mamma för att berätta för henne vad som hänt. Det hade varit med en viss försiktighet som hon ringde på hos modern den här gången. Det var inte helt säkert att hennes mor skulle förstå hennes handlande eller känna samma upprymdhet inför köpet av stugan i Dörja. Monica hade varit inställd på att det skulle kunna bli en känslosam scen när hon konfronterade modern med ett fullbordat faktum.

Det hade nästan blivit värre än hon någonsin kunnat drömma om. Till en början hade hennes mamma lyssnat lugnt och stilla till Monicas berättelse om annonsen, om stugan i utkanten av en liten by en bra bit från staden där de bodde, och om den hisnande övertygelsen att detta var något som hon absolut inte fick missa.

När Monica stannat upp för att hämta andan hade hennes mamma tittat på henne med tårar i ögonen och viskat:

– Betyder det att du är på väg bort från stan? Bort från det som varit din vardag och trygghet under så många år? Bort från närheten till mig...

Där hade rösten svikit hennes mamma.

Monica hade nog väntat sig ungefär den reaktionen. Hon hade tänkt igenom just de här frågorna och försökt förbereda lämpliga svar.

Hon hade tagit sin mammas hand och kramat den hårt.

– Riktigt så har jag nog inte tänkt att det ska bli, hade hon sagt med eftertryck i varje stavelse. Kanske kommer jag att tillbringa en del tid i stugan, men som det ser ut idag så har jag inga planer på att förändra allt annat. Det är bara det att annonsen, stugan, allt blev som en självklarhet för mig. Jag måste bara köpa den. Du vet att jag har råd att ha både den och lägenheten här i stan. Och förresten är det väl inget som säger att inte du skulle kunna komma med till stugan när jag fått den iordning. Det skulle väl inte skada om du bytte miljö någon gång, du också.

Hennes mamma hade nickat men fortsatt att snyfta lite grann.

– Jo, det vet jag nog, hade hon sagt. Och jag tror väl inte att du planerat att överge allt det som du har här, men jag tror ändå att den här affären kommer att förändra mer än du själv kan överblicka just nu. Och visst har du rätt i att även jag skulle kunna ha någon form av glädje av ett sommarnöje, även om jag nog trivs allra bäst här hemma i villan.

Monica hade inte haft någon kommentar till detta. Kanske var det som hennes mamma sa. Kanske skulle det här steget, som hon tagit ganska spontant, komma att förändra hennes livssituation på ett mera omvälvande sätt än hon hittills kunnat tänka. Men hon var ändå på något sätt förberedd på att det kunde bli så. Hon ville nog innerst inne att det skulle hända saker som hon i dagsläget inte kunde drömma eller fantisera om.

När modern lugnat sig något hade så frågan kommit:

– Och var nånstans ligger den här fantastiska stugan? Det har du visst glömt att berätta. Du har bara sagt att det inte är precis i närheten...

Monica log.

Nu verkade det ju ändå som att mammans re-aktion på den ganska överraskande nyheten nor-maliserades. Som om mamman ändå insåg att det inte var den stora katastrofen som plötsligt drabbat henne.

– Fastigheten ligger i utkanten av en by som heter Dörja, hade hon svarat. Ett lite lustigt namn, tycker jag, men så är det i alla fall. Den ligger inte så långt från Kornlanda, om du vet var den staden finns i geografin. Det var i Kornlanda som jag träffade mäklaren och där övernattade jag också när jag var där.

Monica hade kastat en blick på sin mamma och undrat vad som plötsligt hände med henne. Det hade gått som en skugga över mammans ansikte och hon tycktes i ett nu bli blek som ett lakan.

– Men mamma, hade hon utropat och gripit efter moderns hand igen. Men mamma, vad är det för fel på dig? Har du fått ont någonstans? Ska vi ringa ambulans?

Modern hade skakat på huvudet och vinkat avvärjande med den fria handen.

– Jag mår bra, hade hon sagt, men hela hennes uppsyn hade sagt raka motsatsen. Jag vet inte riktigt vad det var som kom över mig. Det, det är nog inget att oroa sig för.

Monica hade stannat kvar ganska länge hos sin mamma den kvällen, men till sist hade de varit överens om att det nog inte var något större problem med mammans hälsa. De hade druckit te tillsammans, och pratat lite om andra saker.

Monica hade tydligt uppfattat det som att mamman inte ville prata mer om den nyinköpta stugan och allt som hade med den affären att göra. Varför kunde hon inte bli klok på, men hon anade att det måste ha något med den geografiska platsen att göra.

Det måste finnas en orsak till varför hon själv tyckt sig ha minnen från platsen, från stugan. Var det kanske ändå så att hennes tidigaste barnaår hade något med trakterna omkring Kornlanda att göra? Kunde det verkligen vara så att upplevelsen vid stugan var fastare förankrad i verkligheten än hon kunnat ana? Kunde det vara en ödets nyck

som helt plötsligt förde henne till den barndoms-
bygd som hon undrat över och längtat till alltsedan
hon var tillräckligt gammal för att börja fundera i
sådana banor? Hon kände att hela hennes inre gick
upp i varv inför den hisnande tanken. Men hur
skulle hon få svar på den frågan? Hur skulle hon
kunna få modern att börja berätta?

Nu var hon i alla fall tillbaka i Dörja för att planera
för framtiden. Hon var långt ifrån säker på att plat-
sen verkligen hade någon direkt koppling till hen-
nes allra första barnaår, men det spelade i nuläget
mindre roll. Det som betydde något var att hon nu
var ägare till denna förtjusande lilla fastighet och
kunde börja med de förändringar som behövdes
alldeles efter eget huvud. Allt det andra kunde hon
ju ägna sig åt senare.

Hon låste upp stugan och lät dörren stå på vid
gavel för att släppa ut den instängdhet som slog
emot henne när hon steg in. Det första hon skulle
göra var förstås att öppna några fönster så att
sommarvinden fick full frihet att leta sig genom hela
stugan.

Stugan hade blivit såld med en del inventarier
som ingen av de gamla ägarna var intresserade av
att ta vara på. Det mesta av det som fanns där
skulle väl Monica inte heller ha någon användning
för i längden, men just nu var det ändå bra att det
fanns både bord och stolar och en gammal bädd-
soffa.

Inne i vardagsrummet, där det också fanns en
rejält tilltagen öppen spis, hängde det en gammal
klocka på väggen. Monica hade frågat Olof Svens-
son om klockan och fått förklarat för sig att den
hade funnits i huset så länge han kunde minnas

och samtliga säljare var överens om att den skulle få hänga kvar. Den hörde liksom till huset och i nuläget hade den väl inget större värde. Ingen av dem visste om den fungerade. Den hade inte varit uppdragen på väldigt länge, men kanske kunde man få liv i den igen.

Monica var glad över att klockan hängde kvar. Hon tyckte om den. Den kändes som en länk till en tid som varit och hon skulle definitivt försöka få hjälp med att få den att fungera igen.

Under tiden hon varit hemma hade hon sökt efter lämplig hantverkarhjälp och funnit att det fanns en byggfirma inte alls långt från Dörja och en mindre elfirma mitt i byn. Rörledningsfirmor fanns det ett par att välja på i närområdet. Det skulle nog inte bli några problem att få igång den varsamma ombyggnad som hon ville ha gjord så snabbt som möjligt. Hon ville bevara så mycket som möjligt av det gamla, men ändå få ett modernt och bekvämt boende. Även om hon inte hyste några direkta planer att bosätta sig i stugan ville hon ändå ha den i sådant skick att man kunde bo där året om.

Hon hade ringt de aktuella firmorna och bokat in besök av dem för att komma överens om vad som skulle göras och hur det skulle bli.

Den förste som kom var byggfirmans representant.

– Man får väl gratulera till köpet, sa han och log ett vänligt leende. Det var väl knappast någon i byn trodde att det skulle bli en köpare utifrån till det här stället. Valter Lagberg brukar inte vila på hanen direkt, men kanske var priset för högt den här gången. Jaja, ta inte illa upp. Jag tror nog att stället är värt de pengar som man begärde i annonsen.

Monica log tillbaka.

– Jaså, det fanns fler spekulanter, sa hon. Det framkom nog aldrig riktigt tydligt i samband med köpet. Fast jag måste nog säga att Olof Svensson verkade väldigt angelägen att sälja stugan just till mig. Men det berodde kanske på att jag inte fann någon anledning att pruta.

Byggmästaren skrattade.

– Klokt resonerat, sa han. Nu ska vi se lite på hur mycket av era pengar som jag och mina gubbar kan komma att behöva. Hoppas att det gäller samma sak här. Att ni inte tänker pruta, menar jag.

Han skrattade igen.

Monica föll in i skrattet.

– Nja, det beror väl på, sa hon. Jag lovar inget förrän vi har några siffror att ta ställning till. Men en firma med ert renommé är väl seriös, antar jag.

– Jojo, så är det allt. Jag tror nog att jag kan gå i god för de andra firmorna också. Vi brukar samarbeta i olika renoveringsobjekt och det brukar inte bli några klagomål varken på utfört arbete eller begärt pris.

– Låter betryggande.

Det blev ett par hektiska dagar för Monica medan hon träffade de olika firmorna och kom överens om hur allt skulle vara. När hon åkte från Dörja by kände hon sig ändå lugn och trygg med de överenskommelser som gjorts. Byggfirmans chef hade huvudansvaret och lovade att ta kontakt på telefon om det uppstod några frågetecken. Nu var det nog bäst för henne att hålla sig undan ett tag.

Femte kapitlet

Även om Monica inte kunde tillbringa tiden i sitt nyinköpta sommarställe fanns hennes tankar där väldigt ofta i alla fall. Hon hade då och då telefonkontakt med byggmästaren för att få rapporter om att allt verkade gå enligt plan. Även om det var en hel del som skulle göras fanns det ändå goda chanser för henne att hinna vara i stugan en del före vintern. Firmorna tog visserligen lite sommarsemester, men mycket hann göras innan dess och sommaren var ju lång, som byggmästaren uttryckte sig, med ett av sina godmodiga skratt.

Monica funderade en hel del omkring Valter Lagberg och hans intresse för stugan. Att det var han som på något sätt försökt avstyra affären var hon helt säker på. Även om hon inte frågat rent ut anade hon att det inte fanns någon Valter bland säljarna. Det hade varit ett förargligt misstag från mäklarens sida att låta halva det namnet slinka ur munnen.

Vad var det med den mannen som hon inte kunde sätta fingret på? Varför kunde hon inte bara glömma det som hänt? Hur skulle hon bära sig åt för att få lite mer klarhet omkring vem han var? Hon kände sig både irriterad på och lite attraherad av honom. Det var något hos honom som störde henne något alldeles enormt, men det fanns också något som gav genklang i djupet av hennes hjärta.

Av de kommentarer, som hon fått sig till del genom byggmästaren, hade hon förstått att Valter Lagberg var en man som ägde mycket. Han hade tydligen som målsättning att lägga så stor del som

möjligt av Dörja by under sitt ägande. Om hon upp-
fattat saken rätt så ägde han redan ett flertal av de
gårdar och hus som fanns i byn. Det var kanske
den enda anledningen till att han hade hoppats
kunna lägga även den lilla fastigheten, som Monica
nu köpt, under sitt ägande.

Monica kände att hon ville tillbringa mer tid i byn
för att komma lite närmare de andra som bodde där
och kanske på det sättet få veta lite mer om Valter
Lagberg och hans ambitioner.

Hon skulle gärna ha diskuterat sina frågor och
funderingar med sin mamma, men anade att det
inte skulle låta sig göras. Även om modern ibland
visade ett litet intresse för hennes sommarhuspla-
ner fanns det ändå något som hindrade att de
kunde prata öppet och otvunget omkring stugan
och byn.

Monica blev mer och mer säker på att trakterna
omkring Kornlanda var mycket mer bekanta för
hennes mamma än vad denna visade. Det gick
bara inte att ställa frågan rakt ut. Det kändes helt
omöjligt att göra det i nuläget. Det fanns något där
som varnade henne för att på något sätt pressa sin
mamma på den punkten.

Dagarna och veckorna gick. Monica passade på att
jobba mer än vanligt under tiden som hon väntade
på att renoveringen av stugan skulle bli klar. Det
var ju ändå bara en rejäl ansiktslyftning som stugan
skulle få.

Så kom dagen då byggmästaren meddelade att
det kunde vara dags att komma för att göra en
första besiktning. Monica lät ingen tid rinna sig ur
händerna utan gav sig iväg så gott som direkt efter
att hon avslutat samtalet. Det var ju en bra bit att

åka och hon var mycket ivrig att se hur det hade blivit.

Hon hade stora förväntningar, men blev ändå riktigt överraskad. Byggmästaren hade tillsammans med sina anställda och övriga firmor gjort ett fantastiskt jobb. Monica trodde knappt sina ögon. Utifrån såg stugan ut precis som förut bortsett från att en del bräder och foder runt fönster och dörrar hade bytts ut.

Inuti hade förvandlingen satt sina spår utan att för den skull ta bort det genuint gamla och för stugan typiska.

– Nå, vad säger ni?

Monica log ett av sina allra ljusaste och vackraste leenden.

– Underbart, sa hon. Underbart!

Byggmästarens ansikte lyste av stolthet.

– Vi har gjort vårt bästa, sa han. Så det finns inget att pruta på...

Monica skrattade.

– Kommer inte på fråga, sa hon. Det är värt varenda krona. Ett stort tack till alla som bidragit till att det blev så här bra. Jag måste få bjuda varenda en på fest lite längre fram!

– Det tackar vi nog inte nej till, sa byggmästaren med ett godmodigt leende. Jag ska informera om vad som väntar så får ni återkomma med en inbjudan vid lämpligt tillfälle.

Monica planerade sitt arbete så att hon kunde tillbringa lite längre sammanhängande tid i stugan i slutet av sommaren. Hon bara måste göra det. Få tillfälle att bo in sig lite mera rejält.

Hon köpte en ny cykel för att ha vid stugan. Det var det absolut bästa sättet att röra sig i den närmaste omgivningen och komma lite närmare människorna som bodde i byn, tänkte hon.

Det kändes så lugnt, så skönt och vilsamt att bara vara i och vid stugan. Hon kände sig så hemma, så äkta och befriad från alla mer eller mindre konstruerade krav.

Nu skulle hon inte låta något stressa henne utan ta dagen som den kom och i lugn takt utforska omgivningen.

Det var en strålande sensommarmorgon som hon, efter en rejäl frukost, packade en fikakorg och satte sig på cykeln för en första runda genom byn. Cykeln var välpumpad och lätt att trampa så det skulle helt klart bli en behaglig tur om inget oförutsett inträffade förstås.

Vägen mot byn var slät och utan backar och snart skymtade hon de första husen som hörde till själva byn. Hennes eget ställe räknades väl egentligen inte riktigt till Dörja by för ortsnamnsskylten dök upp strax innan hon nådde de första husen. Det låg en mindre gård en bit in från vägen på höger sida. Den verkade vara bebodd för det hängde tvätt utanför och fladdrade i den svaga vinden. Lite längre fram låg det en lite större gård på höger sida och nästan mitt emot denna låg en större byggnad som mycket tydligt skvallrade om att det varit byns skola en gång i tiden. Nu såg det ut som om det bodde en familj i det rejält tilltagna huset. Cyklar och annat låg lite huller om buller på gårdsplanen utanför.

Strax därefter låg det flera gårdar på rad på vänster sidan med boningshusen närmast vägen och ladugårdarna lite bakom husen mot de åkrar som sedan bredde ut sig ner mot ån som rann genom byn och liksom delade den i två delar. Så mycket hade hon tagit reda på utan att ha sett det med egna ögon.

Hon trampade sakta och gav akt på allt.

Det var inte särskilt svårt att räkna ut vilken gård som var Valter Lagbergs för med stora bokstäver av trä stod namnet "LAGBERG" på den sida av ladugården som syntes bäst från vägen. Monica kunde inte låta bli att dra lite på munnen. Den mannen tycktes inte lida av någon form av mindervärdeskomplex i alla fall.

Nästan mitt emot Lagbergs gård låg en byggnad som med lite god vilja kunde antas ha varit byns affär. Monica visste att det fanns en mindre affär några kilometer från byn men kunde snabbt konstatera att den som funnits i byn numera bara var en bostad. Men det var det mindre huset som låg nästan vägg i vägg med affären som fick henne att bromsa in och stanna till vid vägkanten. Det måste vara byns kapell som låg där. Det såg inte så mycket ut vid första anblicken, men verkade ändå fortfarande vara i bruk. Det fanns en liten anslagstavla strax intill vägen och hon kunde där läsa sig till att det skulle hållas gudstjänst i kapellet kommande söndag. Inte för att det brukade intressera henne var det hölls gudstjänster, men det konstiga var att nu kände hon en viss nyfikenhet. Hon lade tiden på minnet och bestämde sig för att trampa vidare.

Det var som ett vägskäl där hon stod fast de båda vägarna som gick åt varsitt håll möttes inte på precis samma ställe på vägen genom byn. Hon funderade en stund över vilken väg hon nu skulle välja.

Till höger verkade vägen försvinna in i skogen. Till vänster ledde den förmodligen till byns andra del och rakt fram fortsatte den genom den del av byn som hon hittills hållit sig inom.

Hon bestämde sig för att fortsätta rakt fram tills byn tog slut. Tids nog kunde hon ju utforska de andra vägarna och kanske vore det klokt av henne att försöka skaffa sig en karta som lite mer i detalj gav information om de närmaste omgivningarna och hur de olika vägarna var dragna.

Det fanns ytterligare några gårdar och hus utmed vägen. Det var ingen liten by som hon hamnat i närheten av, men så många människor såg hon inte till. Kanske var det på det viset att de flesta befann sig i den del av livet då jobbet upptog den mesta tiden och fanns det barn i husen hade ju skolan börjat förstås.

Hon trampade sakta och utan ansträngning tills den plana marken började övergå i en rejäl uppförsbacke. Monica hade för sig att hon var ganska vältränad, men här tog det emot att cykla. Envist försökte hon klara den långa backen, men till slut gav hon upp och klev av.

Det låg ett hus vid backens krön och när Monica passerade såg hon en äldre man som satt i en trädgårdsstol och lite nyfiket betraktade henne. När han förstod att han var upptäckt sträckte han upp handen och vinkade. Monica vinkade tillbaka, glad över att äntligen möta någon av byns innevånare, även om det här huset kanske inte räknades riktigt till byn.

Hon stannade till och bestämde sig för att hälsa lite närmare, ställde cykeln mot stenstolpen och klev in i trädgården som omgav huset.

Mannen satt kvar medan hon närmade sig och verkade inte göra några ansatser att resa. Monica log mot honom.

– Hej, sa hon. Ursäkta att jag tränger mig på så här, men jag är alldeles ny i trakten och håller på att lära känna de närmaste omgivningarna. Monica Björkengren heter jag förresten och jag har köpt ett sommarställe utanför byn.

Mannen tog hennes framsträckta hand och ett svagt leende lyste upp hans ansikte.

– Goddag, sa han. Då är det kanske ni som har köpt Larssons? Jag har hört att det blivit sålt och att någon börjat rusta upp den gamla stugan.

Monica nickade.

– Ja, det är nog så, sa hon. Fast att stället kallades för Larssons har jag inte hört förrän nu.

– Jojo, så har det kallats ett bra tag, sa mannen. Jag ska väl presentera mig också. Tage Persson var namnet. Jag har bott i den här byn hela mitt liv, om man bortser från några år då jag var ute på sjön, och jag har då aldrig hört något annat namn än Larssons. Men det är nog länge sedan det bodde någon Larsson i stugan förstås.

Han gav Monica en utvärderande blick.

– Hur kan det komma sig att du, för jag får väl säga du, hittade till den här byn? Har du kanske någon anknytning till bygden på något sätt. Det är något bekant över dig fast jag tror inte att jag träffat på dig tidigare. En så vacker kvinna glömmer man inte om man träffat henne, skrockade han med ett lite illmarigt leende i mungipan.

Monica studsade till.

– Nej, jag har nog ingen tidigare anknytning till varken byn eller bygden, sa hon och kunde inte hjälpa att tonen blev lite extra sträv på grund av kommentaren om hennes utseende. Jag bor faktiskt ganska långt härifrån, så vi har nog inte träffats, och det var väl en ren tillfällighet att jag såg annonsen och hade möjlighet att köpa Larssons, om vi nu ska fortsätta att kalla det så.

– Såå, sa Tage och borrade sin blick i henne. Ta för all del inte illa upp för de där orden om ditt utseende. Det var inte illa ment på något sätt. Oss emellan känns det ändå bra att det inte blev Valter Lagberg som satte klorna i Larssons ställe också. Fast det där vet du ju ingenting om, så glöm vad jag sa.

– Valter Lagberg, sa Monica. Honom har jag faktiskt träffat. Jag har förstått att han är en man som gärna utökar sina domäner där han kan. Jag måste erkänna att jag är lite nyfiken på den mannen.

Tage Persson skrattade lite och den lilla spänning som uppstått dem emellan försvann snabbt igen.

– Alla här omkring vet förstås vem Valter Lagberg är, sa han. Den lagbergska släkten anser sig nog ha en speciell ställning i byn och i bygden. Det finns en hel del att säga om den släkten och deras göranden i bygden, men det ska jag inte tynga dig med. Religiösa är de ju också, de flesta av dem, men ibland undrar man vad det är för religion som de bekänner sig till. Valters mor är nog en riktig kristen, men hur det var med hans far råder det nog delade meningar om. Nog om detta. Jag vet inte varför jag säger det här, men du behöver inte lägga det på minnet. Ibland blir man så pratsjuk i sin ensamhet att man inte kan hejda sig liksom. Men inte ska jag besvära dig med en massa uppfattningar som du inte har något med att göra egentligen. Du får försöka ursäkta en gammal enstöring. Som fritidsboende i Larssons kommer du förhoppningsvis inte att få så mycket med någon av släkten Lagberg att göra. Det ska du inte se som någon förlust, om jag nu ska lägga någon värdering i det.

Det blev inte mer sagt om saken. Monica tog sig friheten att låna en trädgårdsstol av Tage Persson och njuta av sin medhavda matsäck. Fast innan hon fick det hade Tage envisats med att han skulle få bjuda henne på något innan hon fortsatte sin färd. Till sist hade den äldre mannen gett med sig och satt kvar som sällskap medan hon drack sitt kaffe. Själv ville han inte ha något för det visade sig att han just avslutat sitt förmiddagskaffe när Monica dök upp.

Men han betraktade henne med stort intresse medan hon drack sitt kaffe. De bytte några vardagliga ord under tiden, men Monica kände det som om den äldre mannen funderade över vem hon egentligen var. Hans sätt att se på henne bottnade inte bara i att det kunde vara behagligt för en gammal man att vila ögonen på en tilldragande kvinna i sina bästa år. Utan att göra så stor sak av det visste ändå Monica att hennes yttre fick män i alla åldrar att ägna henne lite extra uppmärksamhet. Det var inget hon direkt eftersträvade, men något hon fick leva med.

Men Tage Perssons intresse hade en annan drivkraft, det var hon nästan helt säker på.

En och annan upplysning om byn och dess invånare hann hon få sig till livs medan hon njöt av sitt kaffe och det hon plockat med sig som matsäck. Det hade ju ganska klart framgått att Tage Persson inte hade så många besökare hos sig vanligtvis så när han fick en intresserad lyssnare kunde han inte låta bli att berätta både det ena och det andra. Även om han med jämna mellanrum infogade att det kanske ändå inte var något som intresserade hans gäst fortsatte han att informera omkring Dörja by och dess invånare.

På vägen hem genom byn funderade Monica på det som hon fått veta under samtalet med Tage Persson. Hon funderade också över hans lite ovanliga intresse för hennes person. Hon kunde heller inte släppa det där han sagt om att det var något bekant över henne fast de aldrig träffats förut. Det var mycket som satte fart på hennes egen tankeverksamhet. Det verkade som om vistelsen i Dörja by skulle bli både spännande och kanske överraskande för henne.

Att ha en god relation till Tage Persson var nog ingen nackdel, tänkte hon.

Sjätte kapitlet

Sommaren tog slut och hösten började färga träden runt stugan i olika nyanser av rött och gult. Monica hade inte haft så många tillfällen att återvända till stugan efter den lite längre vistelsen då hon passat på att bekanta sig med omgivningar i en lugn och behaglig takt. Det hade varit en avkopplande vecka som hon så väl behövde även om hon inte tyckte att hon, vanligtvis, hörde till dem som stressade sig fram genom livet. Visst krävde hennes arbete hela hennes uppmärksamhet när hon var mitt uppe i det, men mellan uppdragen kunde hon släppa tanken på jobbet och helt ägna sig åt annat.

Sedan hon blev stugägare i Dörja upptäckte hon att omsorgen om huset tog en allt större del av hennes tid och intresse. En hel del av hennes pengar också, men det hade hon ju räknat med. Hon ansåg sig kunna se det som en långsiktig investering. Nu var stugan i ett sådant skick att den skulle betinga ett hyfsat pris om den blev till salu. Men några sådana planer hade hon förstås inte i nuläget.

Det fanns andra funderingar som upptog henne alltmer.

Först och främst var det hennes mors hälsa som inte var som den alltid varit. Hon hade inga minnen av att hennes mor varit sjuk i egentlig mening någon gång. Nej, modern hade nog haft en god hälsa och aldrig behövt anlita sjukvården.

Men nu var det annorlunda. Monica såg med oro hur modern liksom tacklade av mellan gångerna som de träffades även om det inte gick så långt mellan dessa tillfällen. Hon försökte prata med henne om det och uppmuntra henne att söka läkare, men på den punkten var modern svårövertalad.

– Jag har väl aldrig behövt springa hos doktorn, sa hon med skärpa i rösten. Det här är väl bara något tillfälligt. Det går väl över. Annars är det väl sådant som hör ålderdomen till. Jag är ju ingen ungdom längre...

Monica försökte le.

– Inte är du väl gammal heller, sa hon. – Nu för tiden är man väl inte gammal när man knappt hunnit fylla sextio.

– Nej, jag skulle kanske söka jobb nånstans, kontrade modern. Det är väl för galet egentligen att bara gå här hemma och ha det bra medan andra får arbeta och slita tills de stupar.

– Söka arbete!

– Ja, varför inte? Jag har faktiskt funderat på det lite av och till. Inte för att jag behöver det för pengarna, men det skulle kanske vara nyttigt.

Monica skakade på huvudet.

– Du försöker bara komma bort från kärnfrågan, sa hon och nu var det hon som hade skärpa i rösten. Det brukar du ju vara bra på!

– Vad menar du med det?

– Precis det jag säger! Hur många gånger har jag inte försökt få dig att berätta något från mina allra första år! Varje gång har du slingrat dig ur frågeställningen genom att börja prata om annat. Nu är det likadant igen, men nu gäller det din hälsa. Den här gången tänker jag inte släppa ämnet förrän du lovat att boka en tid hos doktorn! Hälsan är inte något som man bara kan nonchalera.

Modern betraktade henne med uppspärrade ögon.

Hon tog sig åt hjärttrakten och blundade.

Monica visste inte om det bara var ett rollspel eller om det verkligen var så att modern kände av något med hjärtat.

– Är det allvar, eller försöker du bara komma ur knipan?

Moderns blick var ofokuserad när hon försökte fästa blicken på dotterns ansikte.

– Det, det är nog allvar, sa hon med svag röst. Ring efter ambulansen!

Monica satt vid moderns säng på sjukhuset och höll hennes hand. En massa känslor kämpade om herraväldet i hennes inre.

Var det hennes fel att det blivit så här? Var det hennes oförsiktighet som utlöst hjärtproblemet? Hade hon kunnat uttrycka sig på något annat sätt för att förhindra att det blev för mycket för hennes mamma?

Modern låg med slutna ögon men andades lugnt och stadigt. Tack vare snabb behandling verkade det som om den värsta faran var över. Nu behövdes det mest vila för att återhämta krafterna.

Efter att ha konsulterat personalen bestämde sig Monica för att åka hem. Hon hade ju ett arbeta att sköta och just nu var det lite extra hektiskt på den fronten.

Ofta är det visst så att saker och ting klumpar ihop sig när det är som mest olämpligt, tänkte hon medan hon var på hemväg. Stugan i Dörja behövde ju också ett besök nu när hösten närmade sig med stormsteg. Även om trädgården fick fortsätta att vara vildvuxen skulle det ändå kännas bra att ha kontroll på det viktigaste innan vintern gjorde sitt intåg.

Först skulle hon klara av uppdraget som hon åtagit sig. Arbetet hade hög prioritet för henne. Det låg också en hel del pengar i detta, så det kunde hon bara inte överlämna till någon annan. Sedan skulle hon sätta sig i bilen och åka till stugan för att se över vad som behövde göras inför vintern. Hon hade funderingar på att försöka hitta någon, helst i byn, som hon kunde betala en slant för tillsyn under vintern.

Utan att ge avkall på kvalitén arbetade hon med hög intensitet för att klara av det hon lovat på så kort tid som möjligt. Ärendet var av den arten att hon kunde ägna sig helhjärtat åt det under större delen av dygnets timmar. Mat och sömn behövde hon förstås, men de behoven kunde minimeras när det så krävdes.

När hon var klar tog hon en sväng upp till sjukhuset igen för att förvissa sig om att allt var lugnt innan hon packade ner det nödvändigaste och satte sig i bilen för att åka till stugan.

– Åk du, sa hennes mamma och kramade hennes hand lite extra. Här har jag det bra och du blir väl inte borta så länge. Jag får nog vara kvar här några dagar till i alla fall så du behöver inte oroa dig. När du kommer tillbaka kan vi kanske pratas vid lite mera.

Trots de lugnande orden tyckte Monica sig se en annan sida av sin mamma. Det fanns något som hon besvärades av, något som gjorde henne annorlunda. Det gick kanske inte att sätta fingret på om det var fysiskt eller psykiskt, men något var det. Och de där sista orden om att pratas vid. Vad kunde hon mena med det?

– Jag ringer när jag kommer fram, sa Monica, glad över att hon direkt sett till att få telefon installerad i stugan.

– Gör det, sa modern. Och du, var rädd om dig när du är där. I Dörja, menar jag!

Det verkade som en extra kraftansträngning för modern att låta det namnet komma över sina läppar.

Det var bedövande vackert omkring stugan när hon svängde in på gårdsplanen. Hon måste nästan nypa sig i armen för att försäkra sig om att det inte bara var en vacker dröm som hon skulle vakna upp ur när som helst.

Det var kyligt i stugan men eftersom det funnits ganska gott om ved i det gamla uthuset hade hon redan i somras haft en sotare på plats för att försäkra sig om att hon kunde elda i den öppna spisen. Nu kunde hon snabbt göra iordning en brasa så att värmen snart spred sig i både rummet och köket. Även den lilla järnspisen i köket, som hon låtit vara kvar vid renoveringen, kunde ge bra värme ifrån sig om det behövdes. Det var ett bra komplement till de elektriska elementen som blivit utbytta till nya i samband med renoveringen. Att det var kyligt nu var ju uteslutande för att hon inte ansett det nödvändigt, eller tillrådligt, att slå på elementen förra gången hon var här.

Nu slog hon på elementen och satte igång kylen innan hon bestämde sig för att åka till affären i Kungsfors för att inhandla det allra nödvändigaste. Även om hon inte skulle bli långvarig den här gången blev det nog ändå ett par nätter i stugan. Innan hon for iväg slog hon en signal till sin mamma som verkade lugn och samlad igen även om hon upprepade orden om att Monica skulle vara rädd om sig när hon befann sig i Dörja. Precis som om farorna skulle vara större där än i storstaden.

Hon hade varit några gånger i den lite mindre affären vid sina tidigare besök i stugan och hunnit lära känna affärsinnehavaren. Det var en robust kvinna i medelåldern som drev affären. Hon hade lätt för att prata och det verkade som om hon hade god reda på det mesta som hände i bygden. Det blev väl så att affären utgjorde något av en informationscentral för de som fortfarande gjorde sina inköp hos Berta i Kungsfors, trots att det inte var så svårt att ta bilen till de större orterna runtom där utbudet var större och priserna lite lägre.

Monica hade varit lite försiktig med vad hon sa när hon var i affären. Hon ville inte att bilden av vem hon var skulle nå människorna i bygden den vägen. Men det hindrade ju inte att hon fick sig till livs ett och annat om en del andra i bygden. Berta informerade gärna sina kunder om senaste nytt.

Att det fanns en koppling mellan Berta i Kungsfors och Valter Lagberg hade Monica förstått, men hon var inte helt klar över hur den släktskapen var. Hon hade helt enkelt glömt att fråga Tage Persson om detta. Det skulle hon göra vid tillfälle, men eftersom hon var lite snål med informationen om sig själv så förstod hon att hon inte kunde vara alltför nyfiken på andra.

Ibland behöver man dock inte fråga för att få svar.

På väg in i affären mötte hon ingen mindre än Valter Lagberg. Han stannade upp och nickade mot henne.

– Tillbaka igen, sa han. Tyckte väl att det rök ur skorstenen när jag åkte förbi.

Monica nickade bara till svar och tänkte att i Dörja kunde man inte vara anonym medan hon fortsatte in i affären där Berta hälsade henne välkommen tillbaka.

– Ska ni stanna ett tag nu kanske, sporde Berta. Det börjar ju hösta till sig, men ni har det väl varmt och skönt i stugan? Har ni ved förresten, annars kan ni få köpa här. Min Allan håller ju på med skog och trä och då blir det en hel del över som bara passar som ved.

Monica nickade.

– Bra att veta, sa hon. Men än så länge har jag en hel del ved. Det fanns ett ganska stort förråd när jag köpte stugan.

– Annars kanske min bror också är lite intresserad av att leverera, fortsatte Berta. Då blir det ju mer riktig ved, om ni förstår vad jag menar. Förresten så möttes ni väl i dörren?

– Valter Lagberg, sa Monica. Så det är er bror?

Berta nickade.

– Jaså, det visste ni inte, sa hon med ett lite snett leende. Så är det i alla fall. Han har ju egen skog så det var det jag menade när jag pratade om riktig ved. Det som Allan säljer är ju bara sånt som blir över från sågverket och hyvlingen. Men nu ska vi väl inte prata ved. Ni har väl ett annat ärende, antar jag...

– Ja, jag skulle behöva lite matvaror, sa Monica med ett leende.

På hemväg fortsatte tankarna att mala. Så Berta och Valter var syskon. Förmodligen driftiga och framåt människor. Det var väl det som framskymtat i Tages beskrivning av människorna i släkten Lagberg. Människor som visste vad de ville och som inte lät något eller någon stå i vägen.

Undrar vilka fler som ingår i den släkten? Det kan ju vara bra att veta, tänkte Monica. Det händer ju så lätt att man säger något som kanske inte skulle ha blivit sagt om man kände till alla relationer människor emellan. Sånt som man får ångra när sammanhanget står klart.

Hon skyndade in i stugan med matvarorna och tände en ny brasa i den öppna spisen. Så ordnade hon till lite matnyttigt och satte sig inne vid elden för att varva ner. Idag skulle det ändå inte bli mer gjort, det var hon helt säker på.

Hon hade just plockat bort efter måltiden och krupit upp i den bekväma soffan och svept en pläd om sig när hon hörde en bil stanna till utanför på vägen.

Hon stelnade till lite och lyssnade.

Hon hörde en bildörr slå igen och strax därefter knackade det på ytterdörren. Vem var det som hade ärende till henne? Här i Dörja?

Sjunde kapitlet

Mannen som stod vid dörren såg ganska beskedlig ut så Monica kände att hon kunde slappna av direkt.

– Ja? sa hon lite frågande.

Mannen, som kunde vara nånstans i trettioårsåldern, räckte fram handen.

– Ursäkta om jag stör, sa han med en röst som liksom inte riktigt passade in till den timida framtoningen. Rösten var kraftfull och hade en klang som fick Monica att rycka till lite grann. Mitt namn är Peter Fridh och jag arbetar som pastor i bygden här. Jag såg att det rök ur skorstenen och eftersom jag är ute med ett nytt programblad för församlingens verksamhet fick jag för mig att jag bara skulle titta in och presentera mig. Så kan jag ju lämna programmet direkt eftersom det inte finns någon postlåda att lägga det i. Jag har ju inte kunnat undgå att höra ryktena om kvinnan som köpt Larssons och rustat upp det till ett modernt sommarviste.

Monica tog den framräckta handen och presenterade sig även om hon anade att det var onödigt. Säkert visste pastorn både vad hon hette och mer därtill redan. Han passerade väl också informationscentralen i Kungsfors då och då. Hon tog också emot det lilla anspråkslösa programbladet som pastorn räckte henne.

– Kom in, sa hon, och se hur jag har det. Jag har väl inte så mycket att bjuda på, men en kopp kaffe ska jag väl alltid kunnat ordna. Jag har faktiskt nyss varit och handlat i Kungsfors, så förråden är hyfsat fyllda även om jag inte såg någon anledning att storhandla.

Pastor Fridh verkade tveka för någon sekund, men sedan log han ett hjärtligt leende och följde med Monica in i köket. Han tittade sig intresserat omkring och fällde några kommentarer om hur fint det blivit i stugan.

– Ja, jag är väldigt nöjd, sa Monica. Det var en bra byggfirma som jag fick fatt i. Allt har blivit precis som jag önskat mig.

Hon laddade kaffebryggaren och letade fram några kex ur sina minimala förråd. Samtidigt gav hon akt på pastorn och undrade vad han hade för ärende egentligen. Inte kom han väl bara för att presentera sig?

– Ni undrar kanske över mitt besök, sa han precis som om han kunnat läsa hennes tankar.

Var det kanske så att präster och pastorer hade en speciell gåva att se in i människor som de mötte. Något av det gudomliga allseendet som Monica för sin del egentligen inte trodde det minsta på.

Hon svarade inte direkt, men pastorn fortsatte:

– Jag kan väl säga att jag egentligen inte har något specifikt ärende om man nu inte kan ta programbladet som ett sådant förstås. Som jag sa såg jag att det fanns någon i huset och blev, får jag kanske erkänna, lite nyfiken på vem som blivit ny ägare till det här stället.

Hans leende verkade äkta. Hela karln, verkar genomärlig, tänkte Monica.

Hon dukade fram och hällde upp kaffet.

– Så då fanns det ett litet ärende i alla fall, sa hon med glimten i ögat. Jag förmodar att ni inte är den ende i bygden som är lite nyfiken på den som lagt beslag på Larssons mitt framför näsan på Lagberg. Det händer väl inte precis var dag att fastigheter byter ägare här i byn.

Hon höll blicken stadigt fäst på pastorn för att se hur han reagerade inför den salvan och kunde märka att han inte var helt opåverkad av hennes ord.

– Ja, sa han lite dröjande. Jo, nog är det väl så. Det pratas ju, som du säkert förstår, en hel del i en bygd som den här. Jag brukar försöka hålla mig utanför det mesta av skvallret, men ibland blir man mer eller mindre indragen i det. I en roll som min är det nästan omöjligt även om man inte är så intresserad.

– Pastorer är väl också människor, log Monica. Inte för att jag känner någon närmare, men jag antar att det inte är så stor skillnad på oss innerst inne.

Pastor Fridh besvarade leendet.

– Ni är en skarpsynt och tänkande människa, sa han. Jag är böjd att hålla med er. Det känns faktiskt skönt att bli påmind om det ibland också.

Pastor Fridh blev kvar en god stund hos Monica. Det kändes som om de känt varandra längre än bara några minuter då de fördjupade sig i olika samtalsämnen. Monica var dock hela tiden på sin vakt. Visst borde väl pastorn försöka komma in på ämnen som berörde Gud och den kristna tron. Men så blev det inte. Ändå kändes det som om det fanns med där ändå, fast han inte sa ett enda ord som direkt kunde kopplas till kyrkan eller Bibeln eller något sådant. När han tackade för sig var det med en förhoppning om att Monica skulle trivas i sin stuga när hon hade tillfälle att vara där.

Monica tackade för de vänliga orden och för det oväntade besöket. Hon stod kvar vid fönstret och följde pastorn med blicken då han satte sig i bilen och for iväg in mot byn.

En intressant bekantskap, tänkte hon. Kanske en nyttig sådan också. Man kunde aldrig veta hur saker och ting utvecklades.

Undrar om han är gift, har familj och barn, tänkte hon vidare och kände åter igen en sugande längtan efter att bryta sin självvalda ensamhet. Fast då skulle hon kanske inte i första hand sikta in sig på en frikyrkopastor.

Hon skulle kanske inte ens fundera över de här frågorna i samband med sina besök i Dörja. Det var kanske inte alls så att en ny miljö skapade bättre förutsättningar för att inleda en fastare relation med någon av det motsatta könet.

Det var kanske bara det gamla vanliga som kom upp till ytan då och då. Tankarna på att hon kanske kunnat ha det så annorlunda. Att hon inte alls hade behövt vara ensam om hon inte själv valt det. Att det inte var någon annans fel att hennes situation såg ut som den gjorde.

Det hade ju inte saknats möjligheter utmed vägen. Hennes attraktion hade skapat förväntningar hos mer än en av männen som kommit i hennes väg. I början hade det kanske varit männens marknad, men efter ett tag var det nog mer på hennes hemmaplan som spelet spelades.

Så hade åren gått och av olika anledningar hade hon, gång på gång, funnit för gott att bryta innan det kommit att gå för långt.

Nu stod hon här och undrade om en besökande pastor möjligen var ledig...

Hon gjorde en grimas åt sig själv i spegelbilden som syntes i fönsterrutan.

Telefonen ringde.

Det var från sjukhuset.

Monicas mamma hade plötsligt blivit sämre. Man kunde inte säga riktigt hur allvarligt det var, men Monica förstod att det bara fanns en sak för henne att göra. Packa ihop och återvända till staden trots att det nu skulle bli ganska sent innan hon hann hem.

Hon hade en tryckande föraning om att moderns hälsotillstånd var mera krisartat än någon av dem hade velat tro eller tänka.

Det gick att köra undan ganska bra med den bekväma och stadiga bilen som hon skaffat sig. Mil lades till mil alltmedan hennes tankar var fyllda av onda aningar. Hon ville tänka positivt. Hon ville inte måla framtiden i svarta färger, men hon kände sig så maktlös, så liten och utlämnad i den här stunden.

Ingen att prata med. Ingen att dela sin oro med. Ingen att hålla i handen.

Det var ganska sparsamt med trafik så hon kunde hålla god fart utan att behöva bromsas upp av någon som körde för långsamt. Gott om omkörningsmöjligheter fanns det också så om det behövdes kom hon smidigt förbi och kunde fortsätta i egen takt. Hon tänkte inte så mycket på att hon kanske inte var den allra bästa bilföraren i den sinnesstämning som hon befann sig i, men lyckades i alla fall ta sig hela vägen hem utan missöden.

På väg in på sjukhuset kände hon på nytt hur det liksom snördes åt kring hjärttrakten av en tilltagande oro för sin mammas hälsa. Hon kunde inte skaka av sig de obehagliga tankarna.

Modern låg ganska stilla i sängen med en massa slangar och maskiner. En sköterska fanns i rummet och nickade vänligt mot Monica när hon kom in.

– Hon sover nu, sa hon. Vi tror att den värsta pärsen är över för den här gången, men läget känns lite instabilt.

Monica grep sin mammas slappa hand och kramade den medan hon kämpade med tårarna.

– Mamma, mumlade hon. Mamma, du får inte släppa taget nu! Vi... vi måste få tid att prata...

Sköterskans hand på hennes axel kändes lugn och trygg.

– Det är en sak som jag måste säga innan jag glömmer bort det, sa sköterskan med låg röst. Jag vet inte hur viktigt det kan vara i nuläget, men strax innan din mamma blev sämre pratade hon en del. Inget långt samtal, kanske var det mera för sig själv som hon pratade, men jag fanns ju där och hörde vad hon sa.

– Jaa, sa Monica samtidigt som hon kramade mammans hand allt hårdare utan att egentligen tänka på det.

– Hon pratade om "boken", sa sköterskan. Boken, du måste ha boken, sa hon flera gånger. Jag vet inte vad det var för bok hon pratade om, men jag ville bara berätta precis hur det var.

– Tack!

Det blev en vaknatt för Monica. Hon vägrade att lämna moderns sida trots att man försäkrade henne att allt blivit stabilt och att hon skulle må bra av att vila några timmar. Hon kände på sig att vila var det hon minst av allt hade tid med nu.

Medan hon satt där snurrade tankarna omkring det som sköterskan berättat. Vad kunde det vara för bok som hennes mamma pratat om? Vem var det som måste ha den boken i så fall?

Var det sin dotter hon försökte kommunicera med i ett tillstånd nånstans mellan liv och död? Handlade det till sist ändå om svaret på den fråga som så länge förblivit obesvarad. Fanns det ett facit, en dokumentation någonstans trots allt?

Måtte bara mamma vakna upp igen så jag kan få svar på den frågan, tänkte hon samtidigt som hon kände en växande oro för utgången av moderns sjukdom.

Hennes föraningar visade sig ha mera substans än vad både sköterskor och läkare kunde tänka sig. Helt plötsligt blev moderns andhämtning flämtande och hjärtrytmen oregelbunden.

Personalen gjorde allt de kunde för att motverka de livshotande förändringarna, men tidigt på morgonen var allt över. Monicas mamma hade dragit sin sista suck utan en möjlighet att kommunicera med sin dotter.

Nu låg hon där så stilla och tycktes vila ut.

Monica grät tyst vid moderns sida. Så ensam som hon kände sig just nu hade hon nog aldrig någon gång tidigare känt sig. Hon, den starka yrkeskvinnan, tyckte att hela tillvaron gungade under hennes fötter. Det fanns inget som gav stöd, som tog emot, som bar henne den här stunden.

– Mamma, viskade hon bara gång på gång. Mamma...

Åttonde kapitlet

Begravningen hade varit en lugn tilldragelse. Släkten var oerhört liten. Monica hade kanske inte tänkt så mycket på det tidigare, men vid det här tillfället insåg hon att hon saknade rötter på något sätt.

Hennes mamma hade varit enda barnet.

Hennes mormor och morfar fanns ju inte i livet.

Det hade dykt upp några vänner till hennes mamma vid begravningen. Människor som hon inte kände någon närmare gemenskap med, men som ändå kom för att visa sitt deltagande i den sorg och saknad som hon kände. De var ändå främlingar för varandra och det blev inte mycket sagt dem emellan mer än de vanliga beklagande orden. Någon minnestund var det inte ordnad. Det hade Monica fått klara besked om i de direktiv som hennes mamma, för flera år sedan, skrivit ned när det gällde hennes egen begravning. Monica var tacksam för att det dokumentet funnits där.

På hennes styvpappas sida var det också klent med släktingar. Monica hade med åren förstått att den släkt som möjligen fanns där hade på något sätt tagit avstånd från Henry i samband med att han gifte sig med Lilian, hennes mamma. Även i den här stunden lyste de med sin frånvaro trots att hon visste att flera av dem bodde i samma stad och med all säkerhet hade sett dödsannonsen i tidningen.

Att någon hade gjort det stod dock klart för det fanns faktiskt en påkostad krans från några med namnet Björkengren. Men ingen som ansåg det nödvändigt att närvara vid den enkla ceremonin i gravkapellet.

Monica sörjde väl inte så mycket över detta, men hennes sorg och saknad efter sin mamma var djup och äkta. Visst hade de haft sina kontroverser, men ändå hade det funnits en värmande gemenskap dem emellan. Trots att Monica haft svårt för att förstå sin mammas ovilja att prata om hur Monica en gång blivit till, och vem som var hennes biologiska pappa, så kunde hon nog säga att hon hela livet hyst en äkta kärlek till sin mamma och att den kärleken var ömsesidig.

Nu stod hon ensam.

När hon dröjde sig kvar vid graven, där hennes styvpappa sedan länge vilade, kändes det om möjligt ännu tydligare och avklätt. Hon hade ingen släkt! Hon saknade rötter! Hon var verkligen ensam!

Visst hade hon vänner. Visst fanns det människor i hennes närhet som hon kunde umgås med. Visst var hon, av och till, inbjuden till fester av olika slag, men den där blodsgemenskapen som många värderade så högt, den hade hon inte.

Hur skulle hon kunna finna den? Eller rättare, fanns den över huvud taget för henne? Fanns det några som var hennes riktiga släktingar? Fanns det människor, någonstans i världen, som genom hennes biologiska pappa var släkt med henne?

Tankarna tumlade om i hennes inre medan hon torkade tårarna och sakta drog sig bort från graven med dess definitiva besked om att härifrån fanns det ingen återvändo. Här var det slutliga avskedet, här sattes det punkt för en livslång gemenskap.

Hon lyfte blicken och såg upp mot den grå hösthimlen.

Det kändes tomt i hennes inre.

Livet sätter aldrig punkt. Tiden stannar inte upp. Det mesta går vidare som om ingenting hänt även om ingenting kommer att bli sig likt för den som drabbats.

Monica insåg verkligheten även om hon inte ville acceptera den. Det fanns mycket att ta tag i nu. Det fanns en stor villa som skulle bli någon annans. Själv hade hon inte en tanke på att lämna sin lägenhet för att flytta tillbaka till barndomshemmet. Det skulle bara göra saknaden så mycket värre.

Det var inte svårt att hitta köpare.

Hon anlitade en firma till att röja ur det mesta ur villan efter det att hon själv ägnat några dagar åt att ta vara på det som hon ville behålla. Saker som nu blev något att hänga upp minnena på. Det som hela tiden fanns i hennes bakhuvud medan hon gick igenom sin mammas kvarlåtenskap var de där orden som sköterskan förmedlat.

Det fanns gott om böcker bland det som föräldrarna lämnat efter sig. Hur skulle hon kunna hitta den rätta boken bland alla dess böcker? Vad var det för bok som hon borde leta efter? För att inte ägna alltför mycket tid åt bokletandet bestämde hon sig för att låta packa ned allt som fanns i bokväg så det blev ett antal lådor.

När allt detta var klart och villan i en ung familjs ägo kände hon sig redo att fundera över sin egen framtid. Helt plötsligt var det inte så självklart att bara fortsätta i gamla invanda hjulspår. Inte så säkert att hon skulle bo kvar i sin lägenhet och fortsätta sitt arbete som om ingenting förändrats.

För nu hade mycket förändrats. Det fanns egentligen inte så mycket, om det fanns något, som höll henne kvar i staden där hon växt upp och levt sitt liv fram till nu. Visst fanns det några vänner som hon gärna ville ha kvar kontakten med, men inget var tillräckligt starkt för att binda henne vid just den här geografiska platsen.

Hennes tankar kretsade alltmer omkring Larssons utanför Dörja.

Skulle det kunna vara en möjlighet? Skulle stugan, som var tänkt som en sommarstuga, kunna bli hennes hem året om?

När hon köpte den och när hon lät renovera den hade hon nog inte tänkt i dessa banor. I alla fall hade hon inte velat erkänna för sig själv att det skulle kunna finnas en sådan baktanke.

Hon tog god tid på sig att fundera igenom tanken. Hon var så seriös att hon invigde ett par av sina mest förtrogna väninnor i tankeexperimentet. Hon ville verkligen testa hur hållbart det skulle kunna uppfattas av någon som stod utanför det hela.

Både Lena och Agneta slog först ifrån sig med all kraft och menade att hon inte kunde tänka klart med tanke på den senaste tidens händelser. De ansåg att hon var på väg att helt och hållet tappa kontakten med verkligheten.

Det var då hon föreslog att de skulle göra en utflykt till Dörja by tillsammans. Hon ville visa dem på ort och ställe vad det var som hon drogs till. Hon ville ge dem möjligheten att själva ta in helheten, stugan, omgivningarna, miljön...

Det var en vinterdag med hög luft och en blek sol som färden gick till Monicas sommarstuga. Några boklådor fanns det också plats för i bilens rymliga bagageutrymme. Kanske blev det någon stund över att börja leta efter "boken". Men den aktiviteten kunde hon inte inviga Lena och Agneta i. Den var alltför privat.

Väninnorna var fyllda av nyfikenhet efter allt det som hon berättat för dem om det fantastiska stället som hon hittat av en ren slump.

– Jag tror förstås inte på någon högre makt i tillvaron, hade Monica förklarat för dem, men när jag tänker på hur saker och ting lagts tillrätta känns det som om jag skulle kunna öppna lite på glänt för den tanken.

Väninnorna hade inga kommentarer till detta, men innerst inne undrade de vad som egentligen hade hänt med deras goda vän. På det här sättet hade hon aldrig uttryckt sig tidigare. Hon, som alltid varit så jordnära och faktabaserad i alla deras funderingar och diskussioner.

När de stod på gårdsplanen och tog in bilden av den röda stugan i ett frostigt landskap började de ändå ana varför Monica talat så lyriskt om sitt drömställe. Det vilade något andaktsfullt över hela platsen, något som gjorde att ingen av dem hade ord för att säga vad de kände.

Det krävdes en brasa i spisen och några glas ur de medhavda vinflaskorna för att de skulle komma igång med sina kommentarer och synpunkter.

Det blev en sen kväll innan de provisoriska bäddarna ordnades och tystnaden infann sig bland de tre kvinnorna i Larssons i Dörja. I tystnaden hörde små knäppningar från väggar och tak. Det var som om själva huset började tala när alla andra tystnat.

Monica låg vaken i sitt lilla sovrum på andra våning och lyssnade till husets egna tilltal. Det kändes inte skrämmande. Det skulle inte hålla henne vaken av oro för vad det kunde vara som orsakade de olika ljuden. Det kändes hemma...

Dagen därpå tog de tre en runda genom skogen och kom, på stigar som Monica inte hade en aning om, fram mot Kungsfors och sjön som bredde ut sig med ett tunt istäcke. Efter vad Monica sett på kartan var det en ganska stor sjö som till och med haft plats för yrkesfiskare för inte så många år sedan.

– Lite mer kyla så hade vi kunnat åka skridskor, sa Lena. Det skulle väl vara härligt att sträcka ut på sådana här vidder.

De andra höll med. Men än var isen alltför riskabel. Det hade inte varit någon riktig vinterkyla än även om just den här dagen präglades av minusgrader och en kall vind från nordost. Vinden var så kall att kvinnorna snart sökte sig bort från sjöns öppenhet och tog vägen tillbaka genom skogen, där de kom i lä bland de stora granarna.

Dagen gick fort och snart var det dags för dem att återvända till staden, men först ville Monica att de skulle sätta sig ner i vardagsrummet och försöka väga fördelar och nackdelar mot varandra. Skulle hon kunna bosätta sig i sitt sommarparadis och flytta hela sin verksamhet till någon av de städer som fanns i grannskapet? Kornlanda låg kanske bäst till, men där fanns ju också den lite mindre Sävby eller de lite nordligare belägna Boksjö och Norrstad.

Hennes väninnor såg möjligheterna som fanns där, men eftersom de innerst inne önskade att hon skulle finnas kvar i deras närhet försökte de hitta nackdelar som uppvägde Monicas tydliga entusiasm för att radikalt förändra sin livssituation.

– Jag kan på ett sätt förstå att du vill göra en stor förändring, sa Agneta och såg mycket deltagande in i Monicas ögon. Det som du nu gått igenom skulle kanske kunna blekna lite fortare om du byter miljö på det här sättet. Men jag vet inte om det är något hållbart i längden. Min känsla är att du antingen försöker fly bort från något eller att du desperat söker efter något som du saknar...

Monica mötte hennes blick, men vek sedan undan. Det kändes som om Agneta såg rakt in i henne och satte fingret på en öm punkt. Fast de var goda vänner hade Monica aldrig berättat för någon av dem om luckorna i sin levnadshistoria. Ändå kände hon att Agneta på något sätt anade att det fanns något som hon inte yppat för dem.

– Kanske har du rätt, sa hon efter en stunds tystnad. Kanske är det på det viset att jag behöver den här förändringen av skäl som varken du eller Lena känner till. Jag är ledsen om jag inte kan, eller vill, säga mer just nu men kanske får vi tillfälle att prata om det vid något annat tillfälle.

Lena och Agneta betraktade henne med frågetecknen målade i sina ansiktsdrag.

– Jag ska inte pressa dig på något sätt, sa slutligen Agneta och sträckte ut handen för att stryka Monica på armen. Förlåt om jag gjort dig ledsen på något sätt. Det var verkligen inte min mening. Jag bara sa det som jag kände.

Monica lade sin hand på Agnetas.

– Du behöver inte be om förlåtelse, sa hon. Jag uppskattar verkligen att ni engagerar er så mycket i min framtid. Jag är tacksam för era synpunkter och goda råd och jag vill verkligen inte att vår nära gemenskap ska förändras även om jag kommer att befinna mig en bit ifrån er och kanske inte kan träffa er så ofta som vi gjort hittills.

– Så du har egentligen redan bestämt dig, sa Lena och log lite grann.

Monica nickade.

– Det känns nog så, sa hon. Men tidsplanen vet jag inget om just nu. Det är ju en hel del som måste ordnas innan jag kan flytta.

Det blev tyst i rummet. En tystnad som kändes svår att bryta.

Agneta sträckte till slut ut händerna mot sina goda vänner. När deras händer möttes sa hon:

– Jag tror du handlar rätt. Vi kommer att finnas kvar på samma sätt som tidigare. Bara lite längre ifrån varandra.

Nionde kapitlet

Monica bestämde sig för att tillbringa jul och nyår i Dörja. Nu när hennes mamma inte fanns kvar i livet var det inget som direkt höll henne kvar i staden. Det hade väl hänt tidigare att de båda tillsammans passat på att resa bort över helgerna eftersom de ändå inte hade någon annan att ta hänsyn till. Men för det mesta hade julen och även nyåret firats i stillhet hemma hos Lilian.

Ibland hade Monica varit med på ett större nyårsfirande med Agneta och Lena och ett flertal andra, som kanske mera hörde till hennes väninnors bekantskapskrets än hennes egen. När hon tänkte igenom sin situation kunde hon konstatera att hon egentligen var en ganska ensam människa. Det hade på något sätt blivit så i privatlivet. Kanske berodde det delvis på att hennes yrkesliv innebar så många kontakter med andra människor att ensamheten kändes ganska behaglig när hon var ledig.

Nu planerade hon för en mycket ensam och stillsam jul- och nyårshelg. Att bjuda med någon annan till stugan var knappast tänkbart. Till och med Agneta och Lena skulle nog ha svårt för att tacka ja till en sådan inbjudan. De hade ju både familjer och släkt att ta hänsyn till. Hon hade inte en tanke på att ens ställa frågan till dem.

När hon hade gjort sina inköp och packat in allt i bilen kändes det ändå som ett stort äventyr. Första gången som hon skulle tillbringa de helger som mest förknippas med gemenskap och närhet till andra människor alldeles ensam i en stuga som låg alldeles för sig själv med bara skogen som närmast synliga granne.

Även om det just nu kändes som det enda riktiga hoppades hon innerst inne att det inte skulle bli en tradition. Hon närde en mycket kännbar längtan att få dela allt det som livet har att erbjuda med någon annan. Den stora frågan var bara vem denne någon skulle kunna vara.

Det hade fallit en del snö så det första hon fick ta itu med när hon kom fram var att skotta upp en tillräckligt stor plats för bilen. Hon var glad att hon tänkt på att köpa en rejäl snöskyffel som fanns med i packningen. Nu kom den väl till pass och hon var rejält varm med en liten känsla av kramp i armarna när hon till slut kunde köra in på gårdsplanen och parkera bilen.

Gången fram till dörren blev inte bredare än absolut nödvändigt. Nu måste hon komma in och få sig något till livs innan hon orkade göra något annat. De boklådor som den här gången fått följa med till Dörja fick hon ta in lite senare.

Värmen i huset hade varit nedställd för att minska åtgången av el, men nu drog hon på elementen för fullt. Elda i spisen fick hon ägna sig åt senare. Nu var det annat som måste prioriteras.

Det var två dagar kvar till julafton så Monica tyckte att hon hade gott om tid att ändå försöka skapa lite julstämning i stugan. Hon hade ju plockat med sig både ljusstakar och julgranskulor även om hon var ytterst osäker på om hon skulle få användning för allt detta. Ja, ljusstakarna i fönstren var ju inte så komplicerade att få på plats, men med julgranen var det kanske lite värre. Om det inte fanns någon på tomten förstås. Det hade hon inte tänkt på tidigare, men det var något som hon måste undersöka lite närmare.

Ganska tidigt på morgonen väcktes Monica av att det stannade ett motordrivet fordon utanför stugan. Det lät kraftigare än en bil så hon funderade över vad det kunde vara medan hon snabbt kom ur sängen och hittade sin härliga morgonrock. Skrudad i den skyndade hon sig ner för att titta ut genom fönstret. En snabb blick på klockan sa henne att hon sovit längre än vad hon kunde minnas att hon gjort någon gång på mycket, mycket länge.

Det stod en traktor ute på vägen och en man hade just hoppat ur hytten och stod och betraktade hennes stuga. Han var rejält påpälsad så hon kunde inte se om det var någon hon kände. Förresten var det ju inte många som hon kunde påstå sig känna ens till utseendet här i Dörja.

Det är väl en snöröjare förstås, tänkte hon. Men varför stannar han här?

Just när hon tänkte tanken klev mannen in i hennes trädgård och var på väg mot köksdörren. Hon hann precis fundera över vad som nu skulle hända innan det knackade på dörren. När hon öppnade stod hon öga mot öga med Valter Lagberg.

– God morgon i stugan, sa han och drog av sig högervanten för att hälsa ordentligt. Jag kommer visst lite tidigt förstår jag, men eftersom jag är ute med snöbladet tänkte jag fråga om det fanns intresse för att få snöröjt på ett lite bekvämare sätt.

Monica tog ett steg tillbaka och drog morgonrocken hårdare om sig.

– God morgon, sa hon med en viss reservation i rösten. Jag kom hit igår och hade en del att ordna så det blev sent innan jag kom i säng. Jag brukar nog inte sova så här länge i vanliga fall, men här är det ju tyst och lugnt. Har man ingen väckarklocka kan man tydligen sova hur länge som helst. Som du ser skottade jag en massa snö igår, så det klarar sig väl för den här gången. Kan man kanske boka in hjälp för eventuella kommande snöfall?

Valter drog på sig vanten igen och det syntes att han blev lite förargad över att Monica drog sig tillbaka istället för att hälsa. Men han fann sig snabbt och fyrade av ett leende mot henne.

– Det går alldeles utmärkt. Jag brukar ta en runda med traktorn och snöbladet. Det finns flera som så att säga abonnerar på snöröjning. Men då är det kanske bra om inte bilen står mitt i vägen. Det borde väl finnas plats för den i uthuset. Jag har för mig att de som hade stugan tidigare körde in med bil där när de var här lite längre tid. Det ser ju ut som garageportar där till höger.

Monica nickade bara.

– Ja, men då säger vi så, fortsatte Valter. Betalningen brukar vi ordna när säsongen är över. Man vet ju aldrig hur många gånger det blir aktuellt med snöröjning från vinter till vinter. Men tänker du vara här lite mera nu då, eftersom du vill ha snöröjning? Det kostar ju ändå en del, förstås...

Hans nyfikenhet gick inte att missa.

– Nja, det får vi se, svarade Monica. Men det är väl ingen nackdel om det är snöröjt och ser bebott ut. Och betalningen är inga problem för min del.

Hon kunde inte själv förstå orsaken, men det kändes som om hon hade ett behov av att sätta Valter Lagberg på plats när de möttes. De hade setts som hastigast någon gång under sensommaren då hon var i Dörja och det hade känts precis likadant då. Vad var det med den mannen som framkallade dessa känslor inom henne? Att hon hört ett och annat som inte var till hans fördel var förstås sant, men ändå...

– Självklart är det en fördel, sa Valter. Jag ordnar det!

Han återvände till sin traktor och Monica satte igång med frukostbestyren. Lite retligt att bli tagen på sängen av just Valter Lagberg.

Monica hade kommit ihåg att sätta upp en postlåda vid stugan även om hon inte förväntade sig att få någon post. Men hon hade tyckt att det såg mer hemma ut om det fanns en postlåda, och så hade hon hittat en i trä som hade ett fint motiv målat på framsidan. Nu var hon ändå där och såg efter om det fanns något i lådan och hittade ett programblad från byns kapell. Ett likadant som hon fått i handen av pastor Fridh då han spontant stannat till vid stugan i somras.

I normala fall skulle hon inte ha ägnat ett sådant tryckalster något intresse utan låtit det gå direkt i soporna, men den här gången skulle hon faktiskt ta sig i titt i programmet. Hon hade även ögnat igenom det som hon fick av pastorn i somras, hade till och med läst den lilla betraktelsen som pastorn skrivit.

Nu såg hon att det handlade om advent och jul och kunde konstatera att det skulle hållas julotta i byns kapell. Hon rynkade pannan och undrade om det inte var förbehållet sockenkyrkan att ha en sådan aktivitet. Inte för att hon var så väl bevandrad i de olika kyrkornas traditioner, men när hon varit med sina föräldrar på julotta hade det alltid varit i en av stadens gamla kyrkor med den mäktiga kyrkorgelns dån under de höga valven.

Kunde man ha julotta i ett litet kapell i en liten by mitt ute på landet?

Helt plötsligt blev hon nyfiken och funderade över om hon kanske skulle gå dit. Om hon nu vaknade i tid förstås...

Julafton blev den tystaste och lugnaste som hon någonsin upplevt. Hon ringde till Agneta och Lena och önskade dem och deras närmaste en god jul. Hon hoppades att de inte hörde att hon darrade på rösten. Aldrig kunde hon tänka sig att tomheten och saknaden efter modern skulle kunna bli så påtaglig som den blev just den här dagen. Andra dagar var den hanterbar, men idag kände hon sig försvarslös, liten och avklädd inför sorgens mörker.

I brist på annan sysselsättning började hon plocka lite ur de boklådor som hon hunnit få med sig ut till stugan. Det fanns en hel del böcker och hon bestämde sig för att försöka sortera dem i någon slags ordning när hon ändå plockade igenom dem. Utrymmet för böcker var ju ganska begränsat i stugan, så hon tänkte att det skulle behövas göras en gallring bland böckerna. De som hon inte ville ha kunde man säkert skänka till något antikvariat.

Många av böckerna var romaner av både kända och mindre kända författare. Monica log lite för sig själv när hon kom ihåg moderns stora intresse för att läsa dessa romaner. Hon kom ihåg hur hon själv blivit indragen i detta intresse då hennes mamma, mer eller mindre, beordrat henne att läsa en bok för att sedan kunnat diskutera innehållet med henne.

Monica hade väl inte alltid gjort henne till viljes, men flera av böckerna som hon nu plockade upp var ändå bekanta för henne. Det var böcker skrivna av några av hennes mammas favoritförfattare.

Utan att hon kunde hjälpa det kände hon hur några tårar droppade ned på bokpärmarna allteftersom hon sorterade dem i olika högar. Saknaden efter modern blev ännu starkare då hon höll en av hennes böcker i handen och nästan kunde höra hennes ivriga analys av dess innehåll.

Med en känsla av tomhet slog hon sig ner i fåtöljen med en av de böcker som hon visste hade betytt något alldeles särskilt för hennes mamma. En ganska enkel berättelse om kärleken mellan två människor som av olika anledningar aldrig fick varandra. När hon nu läste den vardagligt skrivna skildringen undrade hon om hennes mamma möjligen hade känt igen sig i någon av bokens huvudpersoner.

Fanns det en aldrig glömd kärlek i hennes mammas liv? Någon som hon aldrig hade kunnat glömma, någon som kanske var upphovet till att hon själv fanns?

Med den frågan i sina tankar gick hon ganska tidigt till sängs, ställde väckarklockan för att inte missa julottan, och bara hoppades att sömnen skulle infinna sig så snabbt som möjligt.

Hon förvånades över att det var så mycket folk samlat i det lilla kapellet. Hon hade tyckt att hon var ute i god tid, men ändå var det bara ett fåtal platser lediga när hon steg in. Det hade varit nära att hon vänt i dörren, men så hade hon tagit sig i kragen och fortsatt in i förvissning om att det var flera som ägnade just henne ett stort intresse just nu.

Hon hittade en ledig plats längst ut mot mittgången i en bänk som inte befann sig alltför långt fram och nickade mot sin närmaste bänkgranne, en ståtlig man med silvervitt hår och en profil som förde tankarna till George Washington. Han satt med händerna knäppta och besvarade hennes hälsning med ett litet, litet leende i de ljusblå ögonen som hastigt mötte hennes blick innan han tittade rakt framåt igen.

Hon såg sig försiktigt omkring utan att det skulle uppfattas att hon var nyfiken på människorna som fyllde kapellet. De flesta var ju obekanta för henne, men lite snett framför henne såg hon Tage Persson och på något sätt ingav det henne en viss trygghet. Han hade ju inte direkt gett intrycket att han tillhörde "de religiösa", som han sagt om släkten Lagberg, men en julotta kunde man väl besöka i alla fall. Det var ju samma sak med henne själv.

Församlingssången var kraftfull och Berta Ohlsson hanterade den gamla orgeln med bravur. Hennes röstresurser var också imponerande, konstaterade Monica och det bekräftades ytterligare när en grupp sångare framträdde. Det lät mer som en solist med doakör, tänkte Monica med ett leende i sitt inre.

Det här var absolut inget som Monica kände sig bekant med, men ändå kändes det bra på något sätt. Det var som om de där människorna trodde på det de sjöng även om kanske inte alla toner var klockrena. Något som Monica begåvats med, men som hon sällan använde sig av, var den musikalitet som hon visat prov på när hon gick i skolans musikundervisning. Ibland hade hon tänkt skaffa ett piano till lägenheten för att hålla liv i sina färdigheter på det området, men det hade stannat vid en tanke.

När pastor Peter Fridh steg fram i talarstolen och läste orden om julens orsak och ursprung ur den gamla bibelboken kändes det varmt i Monicas inre.

Pastorns klangfulla stämma förmedlade något som hon inte kunde definiera men som gick djupt in i hennes allra innersta. Hon lyssnade till orden i den korta predikan som följde på bibelläsningen och förstod att julen betydde något mer för många människor, än bara det som varit hennes upplevelse av jul under hela hennes uppväxt och fortsatta liv.

Det innebar inte i första hand en massa god mat och dyra julklappar Det fanns en annan sida av julen som hon inte varit i närheten av.

När sista tonen i den sista sången klingat ut satt hon kvar i så djupa tankar att hon inte märkte att det var dags att resa sig och lämna kapellet. Det blev hon uppmärksam på först när den stilige mannen vid hennes sida räckte henne handen och önskade en god fortsättning på julen. Lite överraskad tog hon den framräckta handen och önskade detsamma. I samma stund som hon sedan vände sig om såg hon in i pastor Fridhs varma blick.

– Så roligt att se er här, sa han och lät både överraskad och uppriktig. Jag förstår att ni firar julen i er sommarstuga.

– Jaa, svarade hon. Ja, firar och firar. Jag vet inte om man kan säga att man firar så mycket när man sitter helt ensam.

Hon förstod inte varför det slank ur henne och ångrade i samma stund. Nu hade hon väl verkligen gjort bort sig.

Pastorn såg uppmärksamt på henne.

– Om ni är så ensam skulle jag vilja hälsa er välkommen hem till oss lite senare idag, sa han. Vi brukar samlas tillsammans med några vänner till oss och det finns absolut plats för en till. Vad säger ni om det?

Det surrade av röster runt omkring dem och Monica tyckte att det gick runt i huvudet på henne. Hon befann sig i en situation där hon inte kände sig helt bekväm och hade svårt för att veta hur hon skulle uppföra sig eller vad hon borde svara.

– Tack, sa hon bara. Tack, men jag vet inte...

– Det blir inget märkvärdigt, sa pastorn. Klockan tre brukar vi träffas. Ni vet kanske redan var vi bor.

Hon nickade bara till svar och innan hon hann säga något mer hade andra trängt sig på för att hälsa på pastorn och önska god fortsättning.

Monica lyckades ganska obemärkt ta sig ut och skyndade sig sedan bort från kapellet. Det kändes som om hon måste få någon form av säkerhetsavstånd till det som hon just varit med om.

Tionde kapitlet

Monica ångrade djupt att hon inte tackat nej till pastorns inbjudan. Inte för att hon kände sig obekväm med att hälsa på hemma hos en pastor, men för att hon inte visste vilka fler som skulle vara där. Hon var en kvinna som ville ha kontroll på det mesta i sitt liv och som ogärna utsatte sig för obehagliga överraskningar. Ja, för överraskningar över huvud taget. Hon ville stå stadigt på jorden, ha fast mark under fötterna och helst veta i förväg hur saker och ting skulle utvecklas.

Visst var det så att hon gett avkall på denna livshållning den sista tiden, men det gällde att sätta gränser innan det blev för sent.

Hon funderade hit och dit. Skulle hon ringa och säga att hon inte mådde riktigt bra? Det skulle ju i så fall inte vara riktigt sant? Inte för att hon hade några större problem med en och annan liten nödlögn, men konstigt nog kändes det uteslutet när det gällde pastor Fridh.

Skulle hon helt enkelt ringa och säga att hon ångrat sig, att hon bestämt sig för att göra något helt annat och att det kanske passade bättre någon annan gång? Det kändes inte heller bra.

Det fanns tydligen inga acceptabla alternativ. Inget som hon skulle kunna gömma sig bakom utan att trampa någon annan på tårna. Utan att skapa en onödigt negativ bild av sig själv hos pastorn. Det gällde helt enkelt att ta tjuren vid hornen när hon nu inte vågat vara tydlig när hon hade möjlighet.

Hon måste bara komma på hur hon skulle klä sig inför besöket hos pastor Fridh. Vad var det för slags tillställning som hon inviterats till. Att hans inbjudan varit mycket spontan gick ju inte att ta miste på. Några vänner, hade han sagt. Då var det förstås några av de mest inbitna församlingsmedlemmarna. Några som levde ett oklanderligt liv och säkert hade synpunkter på både det ena och det andra hos vanliga "syndare".

Klockan gick och det blev snart dags att ge sig iväg. Hon visste var pastorn bodde, det hade Tage Persson berättat för henne vid något tillfälle. Det hade tydligt framgått att hos Tage ägde den gode pastorn ett grundmurat förtroende, även om den äldre mannen inte räknade sig som medlem i församlingen.

Gången upp mot pastorsvillan var dekorerad med marschaller när Monica och de andra gästerna anlände. Hon kom samtidigt med ett yngre par som kom gående hand i hand från någonstans i byn eftersom de inte var bilburna. De nickade vänligt mot Monica när de svängde in mellan stenstolparna precis före henne.

Det gick ett stråk av längtan genom Monicas inre när hon såg de båda. En innerlig önskan att själv ha någon att gå hand i hand med. Hur skulle den här eftermiddagen gestalta sig? Fanns det någon mer än hon som var ensam?

Att pastorn inte var det kunde hon snabbt konstatera när hon blev välkomnad av Peter Fridh och hans leende fru.

– Ja, här har vi Monica Björkengren som jag berättade om, sa han vänd mot frun. Vad roligt att du hade möjlighet att komma med hit i dag! Känn dig riktigt välkommen till oss och ibland våra vänner.

– Ja, välkommen, riktigt välkommen, upprepade fru Fridh. Jag heter Eva och är verkligen glad för att Peter inbjöd dig hit i eftermiddag. Vi är några goda vänner som brukar träffas så här på juldagens eftermiddag.

Monica skakade hand med Eva Fridh och kände att orden var äkta. Det gick inte att ta miste på gästfriheten och glädjen över att kunna göra något för någon annan. Eva var liten till växten, med ett burrigt ljust hår och de blåaste ögon Monica någonsin sett. Hon gav ett energiskt intryck, verkade inte vara den som drog någonting i långbänk.

Eftersom Monica och det unga paret, som presenterade sig som Helena och Roger, var de sist anlända gästerna passade Eva på att presentera Monica för de övriga som kommit samman för en trivsam eftermiddag hos pastorsparet Fridh.

Monica blev inte förvånad över att träffa Berta och Allan Ohlsson bland gästerna. De tillhörde väl den närmaste kretsen omkring pastorn i församlingen. Lite mer överraskad blev hon när hon presenterades för Tage Persson. De konstaterade dock båda två att här behövdes ingen presentation. De kände ju redan varandra.

Ytterligare två par fanns med bland de inbjudna. Det visade sig att det ena paret, Lennart och Kristina, kom från Kornlanda och att Lennart var kollega med Peter fast tydligen i en annan falang av den frikyrkliga världen. Det andra paret var i övre medelåldern och hette Bengt och Maj-Britt. De bodde i den andra delen av byn och brukade en av gårdarna där. Ingen av dem tycktes tillhöra den talföra sorten, men deras handslag var fasta och i deras ögon kunde man ana en medmänsklig godhet som även omfattade nya bekantskaper.

Den sist presenterade gästen var trots allt inte helt obekant för Monica.

– George Ek, sa den vithårige gentlemannen och mötte Monicas hand med ett fast handslag. Vi sågs visst i morse i kapellet. Jag ska kanske avslöja att jag är pappa till Eva. Jag bor inte här i byn, inte ens i grannskapet, men jag har brukat tillbringa jularna här de senaste åren. Alltsedan min kära hustru lämnade mig för en bättre värld.

Monica såg in i den äldre mannens ögon och kunde utläsa en oförställd sorg och saknad när han nämnde sin bortgångna hustru. Hon kände både sympati och en märklig gemenskap i saknaden efter någon man älskat.

Snart satt alla samlade omkring bordet för att ta del av allt det goda som Eva och Peter dukat fram i väntan på gästerna. Här fanns tillräckligt för alla smakriktningar och Monica förvånades lite över det överflöd som tycktes prägla eftermiddagens festlighet i pastorshemmet i Dörja.

Det pratades fram och tillbaka över och runt bordet och det verkade som om alla lyckades vara med i samma samtal trots att de var några stycken. Det var inga direkta djupsinnigheter som avhandlades utan det vanliga omkring vädret, om händelser ute i världen och om saker som hänt i närområdet. Monica hade förväntat sig mera strikt "kyrkliga" samtalsämnen, men måste konstatera att frikyrkofolket inte var mycket annorlunda än andra. Därtill visste hon ju inte heller om alla hörde hemma inom det epitetet. Ja, att inte hon och Tage Persson gjorde det var ju uppenbart även för henne.

– Det är verkligen roligt att vår julottas popularitet tycks hålla i sig, sa Berta Ohlsson när det blivit lite av en svacka i det ivriga samtalandet. Man skulle ju kunna tro att det är dags att bygga ut om det fortsätter så här. I år var det väl knappast en ledig plats trots extrastolarna. Var det någon som räknade hur många vi var egentligen?

Eva Fridh nickade ivrigt.

– Nej, men det var allt fullsatt, sa hon. Och inte bara av dom som brukar gå på gudstjänster. Men det finns väl en speciell koppling mellan julen och kyrkbesöken. Det finns nog en del vars enda kyrkobesök under året är just julottan.

– Menar du mig kanske, sa Tage Persson med en glimt i ögat och ett litet leende.

– Oj då, sa Eva. Det var inte min mening att peka ut någon speciellt. Jag har ju så lätt för att prata först och tänka sen...

– Du behöver inte vara orolig, sa Tage. Jag vet nog var jag har dig. Du är en frisk fläkt i byn, det ska du veta. Det kunde behövas fler med den spontaniteten som du har. Du kan vara stolt över din dotter, George!

George Ek nickade och log utan att fälla någon kommentar.

– Jag tycker också att det är uppmuntrande med den stora tillslutningen på julottan, sa Peter med lite mera tankfullhet i rösten. Men jag är nog inte nöjd med bara det. Det är ju inte i första hand popularitet som vi strävar efter, eller hur?

Det var tyst en stund vid bordet.

När äntligen tystnaden bröts var det Helena som yttrade sig:

– Jag förstår precis hur du tänker, sa hon med låg röst. Det är så lätt att man förytligar den kristna församlingens roll i dagens samhälle. Vi blir på något sätt bara ett av många alternativ för folks fritidsintressen. Men vi måste alltid tänka på att vi är kallade att vara något mer.

Hon tystnade.

Monica betraktade den unga kvinnan med både förvåning och intresse. Hon hade inte väntat sig några djupsinnigheter från det hållet, även om hon inte hade någon som helst kännedom om vem Helena egentligen var. Men det som hon just hört stannade liksom kvar i hennes inre. Det var tankegångar som hon inte sysselsatt sig med tidigare.

– Du har så rätt, Helena, sa Lennart och mötte den unga kvinnans blick. Vi behöver nog den påminnelsen då och då. Det är så lätt att hamna i någon form av slentrian, att bara se till att allt rullar på med gudstjänster och samlingar av olika slag. Vi behöver nog stanna upp ibland och verkligen tänka till när det gäller församlingens främsta uppgift.

Samtalet hade nu tagit en sådan vändning att fanns en risk att inte alla kunde deltaga på samma villkor.

Monica kände sig definitivt utanför och tog chansen att tacka för sig med förklaringen att hon kände sig ganska trött.

– Ni får ursäkta, sa Monica, men jag har kanske inte haft min allra bästa tid de senaste månaderna. Min mor gick bort ganska nyligen och det här är första julen utan hennes närvaro i mitt julfirande. Jag var tveksam till om jag skulle komma hit i eftermiddag, men hittade inga bra skäl att utebli, fast nu tror jag nog att jag får tacka för mig. Det har varit trevligt och jag är tacksam för att jag fick inbjudan även om jag inte tillhör byborna, jag är ju bara tillfälligt här då och då.

Peter gav henne ett forskande ögonkast, men innan han hann säga något reste sig Eva från bordet och förklarade att nu skulle det vankas kaffe.

– Och du behöver väl inte ge dig av innan du smakat på min tårta, sa hon och riktade sig direkt till Monica. Det finns en del som säger att det inte har varit någon riktig jul om man inte har fått en bit av den.

Hon log varmt mot Monica och gav henne en liten klapp på kinden.

Monica blev full av beundran inför Evas okomplicerade sätt att hantera situationen utan att det kändes dumt eller klumpigt. Peter har nog inte en aning om vad han äger i den kvinnan, tänkte hon samtidigt som hon tacksamt besvarade Evas varma leende och satte sig ner igen.

– Nej, det vore ju också intressant att få veta lite mer om vår nya medlem i juldagssamlingen, sa George Ek och log ett uppmuntrande leende mot Monica. Även om du säger att du knappast tillhör byborna är det ju ändå så att du äger en fastighet här. Det är mer än man kan säga om mig, till exempel.

Monica mötte hans blick och undrade om det fanns ett verkligt intresse av att veta vem hon var. Den mildhet och uppmuntran som mötte henne i de blå ögonen övertygade henne om att han menade allvar.

– Ja, berätta gärna lite om dig själv och hur det kom sig att du hamnade här i Dörja, sa Berta Ohlsson med ivrig röst. Om du nu vill göra det förstås. Du ska ju inte känna dig tvingad på något sätt, men lite nyfikna är vi nog alla…

Monica tittade sig omkring på de övriga gästerna och mötte sedan Peters blick. Den innehöll både lite nyfikenhet och en stor portion uppmuntran. Eva hade försvunnit ut i köket och hördes muntert gnola på en julsång medan hon förberedde kaffet till tårtan. Hon kände sig lite trängd, men samtidigt ville hon gärna gå de andra gästerna till mötes.

– Jag vet inte, sa hon lite avvaktande. Det finns väl inte så mycket att säga om mig. Jag bor ju ganska långt härifrån och kom av en händelse, kanske en skickelse om man tror på sådant, att se annonsen om Larssons stuga. Det var något som tog tag i mig när jag såg bilden av stugan och resten är väl historia nu. Jag åkte hit, tittade på stugan, och köpte den. Allt gick ganska snabbt måste jag tillstå, men inte en sekund har jag ångrat mig. Det känns så lugnt och tryggt när jag är här. Jag trivs.

– Vad märkligt, sa Berta Ohlsson. Tänka sig...

Monica hade lagt märke till att det alltid var Berta som yttrade sig när det gällde makarna Ohlsson. Hon funderade över om Allan över huvud taget sagt något hittills under eftermiddagen. Jo, kanske någon mindre kommentar, men från det hållet var det annars Berta för hela slanten.

– Var kommer du ifrån då? undrade Maj-Britt lite försynt. Det har du inte sagt något om.

– Åh, förlåt, sa Monica. Jag bor i Göteborg. Har bott där i stort sett hela mitt liv.

– Jaha, sa Maj-Britt. Men du har kanske släktingar här i trakterna. Jag tycker att du påminner om någon, men jag kan inte riktigt komma på vem det skulle vara.

Monica kunde inte hjälpa att hon spärrade upp ögonen men hon försökte att snabbt återta fattningen.

– Tja, vi har väl alla våra dubbelgångare någonstans, sa hon och försökte låta opåverkad av Maj-

Britts ord. Några släktingar tror jag mig inte ha i de här trakterna. Inte några som jag känner till i alla fall.

Hon skrattade lite för att skaka av sig den där känslan av att alltmer talade för att det fanns ett samband mellan henne och trakterna omkring Dörja.

Maj-Britt sa inget mer men Monica märkte att hon betraktade henne ingående och att det förmodligen arbetade för högtryck inne i den andra kvinnans huvud för att försöka komma på vem hon liknade.

Monica kände sig nästan som ett utställningsföremål eftersom hon tyckte att samtliga i rummet nu bara koncentrerade sig på hennes utseende. Hon visste inte riktigt vart hon skulle vända sig, men räddades på nytt av Eva som glatt förkunnade att nu var kaffet klart och tårtan stod på köksbordet. Det var bara att ta för sig.

Elfte kapitlet

Nyårsaftonen kom med ett ymnigt snöfall över bygden. Monica hade använt en stor del av tiden mellan jul och nyår till att ordna en bilplats i det gamla uthuset. Det var, som Valter Lagberg helt riktigt påpekat, använt som garage tidigare. Nu var det bara en massa bråte som måste flyttas på för att hennes bil skulle få plats och hon skulle kunna öppna dörren och komma ur bilen när hon kört in genom porten.

Det mesta därinne var av det slaget att det borde ha hamnat på soptippen för länge sedan, men hon insåg att har man utrymme låter man saker bli liggande. Det hade ju varit likadant i hennes föräldrahem, men där hade hon inte behövt anstränga sig så mycket själv. Här var det ingen annan som hjälpte henne. Att ta hit en firma för att rensa upp i ett gammalt garage kändes inte nödvändigt. Det kändes i hela kroppen, men samtidigt fylldes hon av en stor belåtenhet när hon kunde konstatera att arbetet var slutfört. Lite irriterande bara att hon inte hunnit ordna en brasa av det mesta som hon rensat ut.

Hon var ändå glad att hon ordnat plats under tak för bilen när hon såg det rikliga snöandet utanför fönstret. Nu kunde hon ju få snöröjt utan alltför stor ansträngning från hennes sida när det inte stod något i vägen.

Hon kunde inte låta bli att reta sig lite på Valter Lagbergs beskäftighet. Varför måste han uppträda på det där sättet, så där överlägset eller mästrande på något sätt. Det var ju inget som han vann något på i alla fall. I hennes ögon var det mycket negativt och en orsak till att hon kände att hon måste vara på sin vakt mot honom. Inte för att hon träffat honom så många gånger, och hon skulle kanske inte göra det i fortsättningen heller, men riktigt avspända kunde nog inte mötena dem emellan bli.

Annars hade han säkert en annan sida också. Han såg ju bra ut och hon trodde att han kunde charma en del av det motsatta könet. Även om hon inte ville tillstå det fanns det en attraktionskraft hos honom som inte lämnade henne oberörd heller. Men efter vad hon visste hade han både fru och barn, så hon kunde nog lugnt glömma honom i sådana sammanhang.

Frampå eftermiddagen hörde hon traktorn ute på vägen och strax därefter hade han svängt in på hennes gård. Det tog inte många minuter för honom att fixa en ordentlig plats framför uthuset så att hon enkelt kunde ta sig in och ut med bilen.

Eftersom hon lite nyfiket tittade ut genom fönstret blev hon förstås upptäckt av honom. Han höjde handen till hälsning och hon förstod att hon måste hälsa tillbaka även om det bjöd henne emot. Inte hälsar man väl in genom folks fönster, tänkte hon.

När han var klar med snöröjningen slog han av motorn och klev ur traktorn. Monica undrade om han brukade göra det hos alla som han hjälpte med snön. Kanske var det så eftersom han tydligen var en mycket social person och därtill en som ville, som han själv sagt, ha lite kontroll på människorna i och omkring Dörja by.

Hon förstod att han tänkte komma in så hon mötte honom i dörren.

– Hej, sa han. Nu har vi visst fått snö så det räcker ett tag. En sån här vinter har vi inte haft på flera år, men det finns väl säkert en del som tycker att det är toppen. För min del innebär det ju merarbete, men det blir ju inkomster också förstås...

Han log medan han hämtade andan.

– Ja, så här mycket snö är jag inte riktigt van vid, svarade Monica. Hemma i Göteborg kan det väl också snöa, men det blir sällan på det här viset. Vi har väl havet för nära inpå oss, antar jag.

– Så kan det nog vara.

– Tack för hjälpen, i alla fall. Det lär väl bli fler gånger innan vintern är förbi. Den har väl precis börjat, antar jag.

– Säkert.

Han stod kvar på trappstenen. Det verkade som om han trodde att hon skulle bjuda in honom, men varför skulle hon göra det? Det var ju rätt långt fram på nyårsafton och han borde väl ha bråttom hem till sin familj en dag som denna.

– Jaja, då får jag väl önska ett gott nytt år då, sa han till sist och tog ett steg bakåt. Tänker du vaka in det nya året alldeles ensam här i stugan?

– Så blir det väl, sa Monica lite svävande. Och du själv då?

– Joo, vi ska ha det lite festligt med en del goda vänner. Britt håller som bäst på med förberedelserna därhemma. Det skulle nog finnas plats för en till, om du har lust...

Monica studsade till.

– Vad skulle frun säga om det, sa hon.

Valter Lagberg skrattade.

– Hon säger inget, sa han. Hon är van vid att jag gör lite som jag vill. Och att det är jag som bestämmer i huset.

– Såå, sa Monica. Då tror jag nog att jag tackar nej!

Sällan hade hon sett en sådan förändring i ett ansikte. Från den självsäkre herremannen till den åthutade skolpojken. Det var som om hon hade hällt en hink med kallt vatten över honom.

– Jaså, jaha, stammade han. Ja, gott nytt år då.

– Tack detsamma, sa Monica och drog igen dörren medan Valter Lagberg slokörat återvände till sin traktor.

Det där var kanske inte så klokt, tänkte hon. Varför tänkte jag inte lite längre innan jag svarade på det viset? Jag var väl på gränsen till oförskämd emot honom, stackaren!

Men gjort var gjort och innerst inne var hon ändå glad för att hon inte hade tvekat när det gällde inbjudan till Lagbergs. Det var nog inte något som hon skulle ha klarat av lika smidigt som besöket hos Fridhs.

Visst hade hennes deltagande i gemenskapen hos paret Fridh också haft sina svåra passager, men att hamna i ett gäng som räknades som Valter Lagbergs vänner skulle nog vara mycket svårare. Inte för att hon visste vilka vänner han och hans familj hade, men hon drog slutsatser. Antingen var det människor med samma attityd som Lagberg själv eller var det människor som bara sa "ja" och "amen" till allt som Valter Lagberg gav uttryck för. I vilket fall som helst passade hon nog inte in i någon av de båda människotyperna.

Temperaturen sjönk snabbt efter snöfallet och Monica var glad att hon burit in rejält med ved så att hon kunde elda på i spisen.

Hon hade, trots att hon räknat med att vara ensam, ändå skaffat hem en del godsaker att njuta av. Hon hade även varit till Kornlanda och inhandlat lite gott att dricka, så det skulle inte gå någon nöd på henne.

Hon hade ställt in sig på en kväll i ensamhet när en tanke plötsligt slog henne. Först undrade hon över var den tanken kom ifrån, men det var bara som en ingivelse av något slag. Hon kunde inte förklara det, det fanns ingen naturlig orsak egentligen, men tanken stannade kvar.

Att ägna en sådan här kväll åt böckerna kände hon inte alls för. Det var ju inte ens säkert att hon skulle hitta boken, som modern talat om, bland de böcker som hon hittills fått med sig till stugan.

Varför inte, tänkte hon. Det kan ju knappast bli mer än ett nej.

Hon gick till telefonen och slog ett nummer som hon nyligen skrivit ner på ett papper och lagt vid telefonen. Det gick fram ett antal signaler och hon var så gott som beredd att lägga på när hon hörde en röst:

– Persson.

– Hej Tage, det här är Monica, sa hon. Ursäkta om jag stör så här på nyårsafton, men jag fick bara en idé så här plötsligt. Hur har du det? Hur firar du årets avslutning?

Det var tyst en stund.

– Monica!?

Han lät uppriktigt förvånad och lite vilsen, precis som om han inte visste vad det var för en Monica som ringde honom.

– Ja, Monica Björkengren.

– Jaha, jaha. Ja, nu är jag med. Jo, jag gör väl som jag brukar. Läser lite. Äter lite och lyssnar på kyrkklockorna vid tolvslaget. Tittar kanske lite på TV också, förstås. Jag är ju ganska ensam i stugan, som du vet...

Monica kände en tveksamhet inför att fortsätta det hon påbörjat, men så tog hon ett djupt andetag och fortsatte samtalet.

– Ska vi göra det tillsammans? Vill du komma hit till mig och fira in det nya året?

Hon tyckte själv att det inte lät något vidare, men sagda ord kunde inte tas tillbaka. Hon kunde kanske ha uttryckt sig lite mera vårdat, men hon var själv lite osäker på vad som kunde vara ett lämpligt sätt att framföra en inbjudan på.

Det var tyst igen.

Länge.

– Hm.

Tage lät tveksam. Visste väl inte hur han skulle hantera situationen. Undrade väl om han var utsatt för ett skämt av något slag.

– Jag vet att det kommer lite plötsligt, sa Monica. Men tanken slog mig bara helt plötsligt. Du får naturligtvis tacka nej om du känner det så...

– Nja, jag vet inte, sa Tage. Det känns faktiskt lite lockande att inte behöva sitta ensam en sådan här kväll, men jag har ju lite svårt för att ta mig någonstans. Särskilt i ett sånt här väder. Ringa efter taxi känns inte heller riktigt bra...

– Behövs inte. Jag kommer och hämtar dig. Och jag har faktiskt en gästsäng, så du skulle kunna övernatta här om du vill.

Hon bet sig i tungan. Vad hade det tagit åt henne? Så här spontant och ogenomtänkt brukade hon väl knappast uppföra sig? Det var som det inte var hon själv riktigt.

– Övernatta, skrockade Tage Persson. Jo, det låter något det...

– Ska jag komma och hämta dig då, sa Monica. Om en halvtimme?

Tage samtyckte även om hon kunde höra att han fortfarande inte var riktigt säker på att det här var ett bra påhitt.

Ett par timmar senare lutade sig Tage Persson tillbaka i fåtöljen och betraktade sin värdinna med en blick som visade både uppskattning och mer därtill.

– Oj, oj, sa han. Det här var bland det godaste jag någonsin ätit. Vilken tur att jag tackade ja till din inbjudan. Och det drickbara var sannerligen inte sämre, det heller. Jag får verkligen tacka så mycket för alltsammans.

Monica log mot honom.

– Det är jag som ska tacka, sa hon. Du anar inte vilken skillnad det här blev för mig mot att sitta helt ensam utan att ha någon att prata med.

Och pratat hade de gjort. Maten och drycken hade lossat tungornas band hos dem båda, men Monica hade ändå varit på sin vakt, så hon inte sa något som hon skulle behöva ångra senare.

Det hade varit Tage som stått för det mesta av pratet. Han verkade trivas i hennes sällskap och berättade gärna om gångna tider i Dörja. Han hade ett osvikligt minne när det gällde detaljer omkring olika händelser i byns historia. Ja, Monica kunde ju inte veta om allt var sant, men det verkade ändå inte som om han bara svamlade.

Under kvällens lopp hade hon fått veta en hel del om de människor som idag befolkade Dörja med omnejd.

Släkten Lagberg hade förstås ett eget kapitel i Tages berättande, men det verkade inte som om han hade så höga tankar om någon i den släkten. Möjligen med undantag för Valters mamma som tydligen var en stöttepelare i frikyrkoförsamlingen.

När han nämnde henne var det med en annan respekt än när han pratade om andra personer i släkten.

Den som stod lägst i kurs hos Tage var utan tvekan Valter. När han berättade om dennes göranden och låtanden kunde Monica se en bitterhet i den äldre mannens ögon. Valter Lagbergs affärer och metoder för att lägga alltmer under sig var inget som uppskattades av Tage Persson.

– Men mitt ställe kommer han inte åt i alla fall, hade Tage sagt och knipit med munnen. Inte ens efter det att jag inte längre finns här och kan freda mina ägor. Det ska jag nog se till.

Valters far hade också varit på tapeten. Då hade en mycket tydlig bitterhet lyst fram i den äldre mannens ansikte. Då hade hans minspel avslöjat en annan sida hos Tage Persson än den som Monica hittills hunnit lära känna.

– En kvinnokarl som ingen annan, hade Tage sagt. Säkert finns det flera runt om i bygden som skulle ha kunnat kalla honom "pappa", men på olika sätt lyckades han väl slingra sig ur besvärligheterna. Att hans fru stod ut med honom kan man förundras över. Men hon var ju mycket yngre än honom och fogade sig på något sätt i hans sätt att leva. Det måste ändå ha varit en lättnad för henne när han ramlade nedför en trappa och skadade sig så allvarligt att han inte längre kunde röra sig fritt i bygden. Nu är han inte i livet längre, så man ska väl inte prata för mycket om honom.

Monica ryste lite när Tage berättade om Valters far. Var sonen likadan, tänkte hon och hade frågan på tungan men lät den förbli outsagd.

Pastorsparet Fridh blev nästan höjda till skyarna av Tage. Monica tänkte att så fantastisk kan inte någon vara. Men tydligen hade det uppstått ett för-troendefullt förhållande mellan pastorn och Tage trots att den äldre mannen inte var medlem i Peters församling.

– Jag har väl min tro på mitt eget sätt, hade Tage sagt som en förklaring till att han inte hade anslutit sig till församlingen i kapellet. Det har kanske du också...

Monica hade duckat för frågan och föredragit att inte svara. Det här var ett område som hon inte ville diskutera med någon annan. Inte ens med Tage Persson. Hon trodde att hennes rationella syn på tillvaron kanske skulle ställa till det för hennes gäst. Det ville hon inte medverka till en kväll som denna.

När tolvslaget närmade sig satte de sig tillrätta för att lyssna till domkyrkoklockornas ringande, förmedlat av radions P1. En ny upplevelse för Monica, men eftersom det var Tages önskemål blev det så.

Hon kände Tages blickar på sig medan hon lyssnade till klockklangen.

– Vad hette din mor?

Frågan kom överraskande.

– Lilian.

Hon hade blicken fäst på sin gästs ansikte då hon svarade och förvånades över den reaktion som svaret tycktes åstadkomma i hans ansikte. Det var som om han stelnade till och fick behov av att samla sig några sekunder innan han kunde öppna munnen igen.

– Jaha, Lilian, upprepade han till slut. Saknar du henne väldigt mycket en sån här kväll?

Monica nickade och mötte på nytt den äldre mannens blick. Det fanns en äkta medkänsla under de buskiga ögonbrynen. Det var som om det fanns något ännu mer i den blick som han gav henne, men hon kunde inte sätta fingret på vad det var.

– Lilian, upprepade han igen. Lilian. Det är ett mycket vackert namn. Och din mor var förstås också mycket vacker. Precis som du.

Det var något i mannens röst som gjorde Monica ännu mer fundersam. Det var inget plumpt över hans enkla konstaterande när det gällde hennes skönhet. Hon var ju medveten om den själv. Det var mera som om han bara strök under att eftersom hon var vacker så måste också hennes mor ha varit vacker.

Vad visste han?

Frågan låg kvar i Monicas inre och gjorde svårt för henne att somna, när de till sist hade önskat varandra ett gott nytt år, och dragit sig undan till respektive nattläger.

Tolfte kapitlet

Tillbaka i stan fortsatte Monica sin planering för att kunna byta bostadsort för gott. Hon kände en rastlöshet inför att behöva tillbringa mer tid än nödvändigt i storstaden. Hon längtade till lugnet, till stillheten och tryggheten i Dörja. Men hon längtade till något mer, till något odefinierbart, något som liksom drog henne till bygden där hon funnit sitt nya hem.

Nyårsaftonens samvaro med Tage Persson hade satt djupa spår i hennes inre. Han sätt att se på henne. Hans kommentarer omkring hennes mamma och en hel del annat hade hakat sig fast i hennes tankevärld. Hon kände att hon var något på spåren, men att allt måste få ta sin tid. Men att hon gjorde rätt som bestämde sig för att flytta, det var hon alltmer övertygad om.

Det hade inte blivit så mycket mera sagt mellan henne och Tage när hon skjutsade hem honom på nyårsdagen. Båda var ganska trötta och medtagna efter kvällens firande. Men hans varma handtryckning, när han tackade för en kväll som han sent skulle glömma, gav henne besked om att hon handlat rätt.

– Undrar vad folk skulle säga om de visste om det här, hade Tage sagt med ett snett leende då de åkta den korta biten mellan Larssons och hans stuga i andra änden av byn. Jag undrar verkligen vad de skulle säga?

Monica hade inte haft något svar på den frågan, men innerst inne fanns ju samma frågeställning hos henne. Det hörde väl inte till vanligheterna, i en by som Dörja, att en kvinna i fyrtioårsåldern spontant inbjöd en äldre man till ett gemensamt nyårsfirande. Speciellt inte om man bara var ytterst ytligt bekant med varandra.

Hon ångrade ändå ingenting. Det hade varit ett nyårsfirande som hon skulle bära med sig i minnet, det var hon säker på. Hon ville inte så gärna tro på ödet, eller vad man nu skulle kalla det, men kände ändå innerst inne som om det varit meningen på något sätt att hon fick en impuls och gav efter för den utan närmare eftertanke.

Hon hade bestämt sig för att ha kvar lägenheten i stan. Det kostade en del, men hon ville ändå inte förhasta sig. Det skulle inte vara lätt att komma tillbaka och få fatt i en liknande lägenhet med det läget om hon skulle ångra sig efter ett tag. Nu trodde hon väl inte att hon skulle ångra sig, men man kunde ju aldrig veta vad som hände i framtiden. Nu, när hon börjat ge sig in i de stora omvälvningarna i livet, måste hon kanske vara beredd på att allt inte gick som på räls.

Att flytta firman var kanske inte det svåraste. Det handlade ju mest om att meddela de mer eller mindre fasta kunderna som hon hade. Uppdragen kunde hon ju ha kvar även om det betydde lite längre resor för hennes del. Sedan fick hon väl försöka etablera sig i Kornlanda och bygga upp ett nytt kundunderlag. Hon var inte alls orolig på den punkten.

Om hon skulle vara riktigt ärlig kändes det som om arbetet helt plötsligt fått en andrahandsroll i hennes liv. Hon, som alltid engagerat sig till hundra procent i sina olika uppdrag, kände nu att det fanns annat i livet som trängde sig på och krävde mer av

hennes tid och engagemang. Visst skulle hon be-
höva en del inkomster, den saken var klar, men
hennes ekonomiska ställning var ändå ovanligt
priviligierad. Arvet efter föräldrarna var av sådana
dimensioner att hon kunde ta det ganska lugnt ett
tag utan att känna någon oro för framtiden på den
punkten.

Eftersom lägenheten fick vara kvar, med allt den
innehöll, blev det egentligen inget riktigt flyttlass för
henne. Det mesta som hon behövde för sitt fram-
tida liv fanns redan i Dörja. Det var bara det mindre
kontorsutrymme som hon hyrde som behövde sä-
gas upp och tömmas. Det skulle hon klara av på
egen hand. En del av det som fanns där kunde hon
tillsvidare låta vara kvar i lägenheten och det som
hon absolut behövde fick hon med sig i bilen om
hon åkte ett par vändor. Det som tog stor plats var
de boklådor som fortfarande stod kvar i lägenheten.
Dessa ville hon inte lämna kvar i stan. Här fanns
kanske svaret på hennes livs viktigaste fråga.

Det var en känsla av tidig vår i luften när hon
låste lägenhetsdörren på obestämd tid och satte sig
i bilen. Hon tog några djupa andetag för att liksom
samla ihop alla minnen och erfarenheter som hon
nu, på något sätt, lämnade bakom sig. Även om
hon såg fram emot sitt nya liv upptäckte hon att det
kändes mer än hon förväntat sig att lämna det
gamla så definitivt. Att liksom säga farväl till det
som varit hela hennes liv fram till för bara ett litet
tag sedan.

Hon blundade och lät en massa minnen passera
revy för sitt inre innan hon vred om startnyckeln,
lade i ettans växel och sakta lämnade parkeringen
utan att se sig tillbaka.

Snön var på väg att försvinna även om det fortfarande låg en del kvar på sina ställen. När hon kom närmare Kornlanda såg hon att vintern fortfarande försökte hålla sitt grepp över den delen av landet, men när hon svängde in vid sin stuga kunde hon se att snön hade smält undan helt mot husväggen och att mycket talade för en ny vår. Hon fick en oförklarlig känsla av att det gav bud om en nystart i hennes eget liv också. Hon förundrades över de tankar som osökt dök upp i hennes inre. Tankar som det inte funnits något utrymme för i hennes liv tidigare. Vad var det som höll på att hända med henne? Vad var det som liksom trängde sig på och öppnade nya horisonter för hennes inre värld?

Monica funderade över hur hon skulle hantera de frågor som blivit de allra viktigaste för henne. Vem hon skulle prata med om de tankar, de funderingar, de gissningar, de misstankar som arbetade inom henne och krävde alltmer av hennes intresse, hennes engagemang och hennes kraft.

Pastorn?

Bilden av den lite tillbakadragne förkunnaren tonade fram inom henne och hon såg i honom en möjlighet att lätta sitt hjärta, att våga uttala sina funderingar omkring sitt ursprung, sin barndom.

Hon ville tro att det inte bara varit en slump att han knackat på hos henne med det där lilla programbladet. Inte heller att han snabbt fattat beslutet att inbjuda henne till deras vänkrets på juldagen. För något år sedan skulle hon nog bara ha viftat bort händelserna som slumpartade, men något hade hänt med henne. Hon var inte densamma som tidigare. Hon hade öppnat sitt sinne för något som tidigare inte intresserat henne det allra minsta. Hon varken ville eller vågade kalla det en gudskontakt, men kände att det var något utöver det vanliga.

Men hon tvekade ändå. Var det så klokt att utlämna sig på det viset, som det nödvändigtvis måste bli om hon skulle komma någon vart med sina spörsmål? Hon kände ju inte pastorn. Visst hade hon blivit påverkad av Tage Perssons positiva ord om pastor Peter Fridh, men kunde hon bygga en så viktig relation på vad en gammal man tyckte och tänkte.

Hon vände och vred på sina funderingar men tyckte inte att hon blev klokare för det. Det blev nästan tvärtom och till sist bestämde hon sig för att ligga lågt ett tag till. En ny kontakt med Tage kunde kanske ändå inte skada. Hon hade ju för all del fått sig ganska mycket till livs när det gällde Dörjas invånare under den förunderliga nyårsaftonen, men ändå fanns det fortfarande frågetecken.

En person som Monica kände sig alltmer nyfiken på var gamla fru Lagberg. Hon visste att den äldre kvinnan inte bodde kvar på gården som hon drivit tillsammans med sin make. Det hade framgått ganska tydligt av Tages skildring att hennes svärdotter inte kunde tänka sig att ha sin svärmor boende kvar på gården.

Om Monica fattat saken rätt var nog den uppfattningen ömsesidig. Lovisa Lagberg skulle inte kunna tänka sig att dela hushåll med Valter och hans familj. Även om det tydligen var sonen som, trots sitt sätt att vara, ändå hade den största platsen i Lovisas hjärta. Ändå hade hon sett till att hyra sig en lägenhet i ett litet samhälle någon mil från Dörja. Men varje söndag som det var samling i byns kapell fick antingen Valter eller Berta hämta sin mamma så att hon kunde deltaga och fylla sin plats i den lilla församlingen.

– Hon är en märklig kvinna, hade Tage sagt om Lovisa. Det är något med henne som man inte finner hos så många människor. Det finns liksom en utstrålning hos henne som inger respekt hos de allra flesta. Vad jag förstår är hon en av de tongivande i församlingen. När Lovisa Lagberg har uttalat sig är det inte många som vågar ha en avvikande uppfattning. Även om jag inte tillhör de utvaldas skara tror jag nog att jag vet vad jag talar om.

När han tystnat och liksom funderat över om han skulle fortsätta, hade Monica sett så frågande på honom att han inte kunde göra annat än avsluta det han påbörjat.

– Jag har nog hört en och annan kommentar från pastorn, hade han sagt. Det verkar som om även den gode pastorn känner en viss osäkerhet inför hur han ska hantera Lovisa Lagberg och hennes roll i församlingen. Mer kan jag nog inte säga, men en sak är säker. Hade Valter Lagberg haft en bråkdel av Lovisas resning hade mycket sett annorlunda ut i den här byn. Den mannens religiositet ger jag inte mycket för.

När Monica nu tänkte på Tages ord blev hennes nyfikenhet på Lovisa Lagström ännu större. Hon måste på något sätt se till att hon blev närmare bekant med denna kvinna. Och det skulle hon inte dröja mer än nödvändigt med.

Men hur skulle hon kunna hitta en bra anledning att ta kontakt med Lovisa? Kanske kunde hon få lite hjälp på vägen av Berta i Kungsfors, Lovisas dotter? Fast hon inte hade en aning om hur hon skulle gå tillväga kände hon ändå en tillförsikt inför sina planer. Det var som om den nya dimensionen i hennes liv hade skapat en tro på att nya vägar öppnades i den takt som det krävdes.

Hon tänkte att om hennes väninnor i Göteborg kunde höra hennes funderingar nu, skulle de skaka på sina huvuden och undra om det slagit över för henne. Hur kunde hon, den rationella och mycket moderna yrkeskvinnan, hysa sådana tankar?

Men de vet ju heller inte om själva grundorsaken till det hela, tänkte Monica och gick för att ordna lite kvällste innan det var dags att inta den bekväma sängen i det trivsamma sovrummet.

Trettonde kapitlet

Första morgonen som bofast i Dörja, tänkte Monica när hon vaknade på morgonen. Dagsljuset silade in genom glipan mellan karmen och rullgardinen och avslöjade för henne att hon tillåtit sig en riktig sovmorgon. Det var med en känsla på gränsen till overklighet som hon sträckte på sig och liksom omfamnade hela den nya verklighet som från och med idag var hennes.

Men varför inte, funderade hon vidare. Jag är ju min egen och har inte något ansvar gentemot någon annan när det gäller mina arbetstider. Det blir nog snart andra tider som kommer att gälla när jag får fart på verksamheten igen.

Hon unnade sig en rejäl frukost med havregrynsgröt. Det var som om det liksom passade så mycket bättre i den gamla stugan. Som om hela hennes livsstil var på väg att förändras och formas efter den nya livsmiljön.

Hon tittade igenom vad hon hade i skafferi, kyl och frys och konstaterade att det skulle passa utmärkt med en tur till affären. Hon visste ju att det fanns större affärer med bättre priser på ganska nära håll, men föredrog ändå att ta bilen till Kungsfors och Bertas affär. Det var kanske inte bara för att gynna den lokala handlaren.

Berta var på gott humör när Monica dök upp. Yngste sonen var på besök hemma hos mamma och pappa och ville gärna göra lite nytta för sig i affären. Om Monica inte hade alltför bråttom passade det alldeles utmärkt om hon ville göra henne sällskap med en kopp elvakaffe.

Monica kände en ilning i magtrakten när hon fick inbjudan och tackade förstås ja på stående fot. Det skulle verkligen smaka bra!

Det var en trivsam lägenhet som familjen hade på våningen över affären. Monica såg sig lite nyfiket omkring och kunde konstatera att det var ordning och reda överallt. Hon förvånades inte det minsta. Berta tycktes vara en människa som satte en ära i att ha det rent och snyggt omkring sig.

– Så du gör oss den äran nu igen, sa Berta och sköt fram fatet med bullar och kakor. Det är lika roligt varje gång man ser att det på nytt lyser i Larssons stuga. Ja, jag ska kanske inte kalla den Larssons längre. Du har ju ett finare namn...

Monica skrattade till.

– Larssons duger gott för mig, sa hon. Det känns på något sätt genuint och äkta. Jag vill absolut inte att någon ska sluta att kalla stugan så eller byta namn på den. I mina tankar bor jag nu i Larssons. Så enkelt är det.

– Bor?

Monica kunde höra nyfikenheten i Bertas röst.

– Jo, det är nog så, sa hon med ett litet leende. Jag har bestämt mig för att flytta hit för gott. Flyttlasset hade jag med mig igår, om man nu kan kalla det flyttlass. Jag har ju lägenheten kvar än så länge och det mesta finns kvar där. Men min tanke är att från och med nu räkna Dörja som min hemort.

Berta hade svårt för att stänga munnen.

– Så du tänker, hon hejdade sig och såg på Monica med ett uttryck av största förvåning. Så du tänker bosätta dig här?

– Ja, jag har väl redan gjort det, log Monica och kunde inte låta bli att njuta lite av att lyckas få Berta att nästan tappa målföret. Jag tänker i alla fall inte återvända till Göteborg för att stanna där någon längre tid. Från och med nu blir det ombytta roller för storstan och landsbygden i mitt liv.

Berta återvann så småningom fattningen och de talades vid en stund till omkring Monicas beslut att bosätta sig för gott i Dörja. Utan att avslöja alltför mycket lät Monica henne ändå få veta att hennes tanke var att med tiden bygga upp sin verksamhet i närområdet.

– Ja, inte för att jag är någon expert, sa Berta, men det kan nog finnas utrymme för den typen av arbete här också. Trots att det kanske betraktas nästan som glesbygd så finns det en hel del före-tagsamhet bland dem som bosatt sig här.

– Jag har nog förstått det, bekräftade Monica. Jag är inte direkt orolig för att bli arbetslös. Men visst kommer det att ta tid, det inser jag.

– Hm, kanske att Valter skulle kunna vara till hjälp för dig, undslapp det Berta. Han känner ju många och är engagerad i både det ena och det andra. Jag tror säkert att han skulle vilja hjälpa till, om det skulle behövas...

Monica nickade bara. Ville inte säga varken ja el-ler nej. Ville inte på något sätt låta Berta förstå att Valter troligen var den siste som hon skulle be om hjälp. Åtminstone var det så hon kände det i nulä-get.

För att komma in på mindre känsligt område ställde hon en enkel fråga om Bertas uppväxt och hur det kom sig att hon blivit affärskvinna i Kungs-fors. Det visade sig vara en bra övergång, för om det var något som Berta ville prata om så var det sin egen verksamhet och hur hon byggt upp den-samma. Här fanns det underlag för en längre ut-läggning om någon bara ville lyssna.

– Jag är född i byn, sa hon. Ja, det var ju på gården som Valter driver nu. Vi hade en fin barndom, tycker jag nog, även om det var ganska stor åldersskillnad mellan mamma och pappa. Men som barn i det Lagbergska hemmet hade vi nog en del fördelar som inte alla barn i byn hade. Pappa hade ett ganska stort inflytande över både det ena och det andra. Han tillhörde väl dem som andra såg upp till och gärna inhämtade råd ifrån. Han hade ett flertal förtroendeuppdrag inom både det politiska och annat som rörde bygderna här omkring. Tills olyckan hände, förstås...

Hon tystnade och verkade dröja sig kvar i barndomsminnena.

Så bet hon sig lite i läppen och fortsatte:

– Fast ibland var det nog jobbigt för oss barn också. Det pratades ibland illa om vår pappa. Kamraterna i skolan var inte alltid så snälla emot oss. Speciellt Valter fick nog känna på det mer än jag, han är ju några år yngre och jargongen hade väl blivit lite råare, men på något sätt tror jag att det härdade oss båda två. Att det gjorde oss beslutsamma och framåtsträvande på något sätt. Det var kanske en av orsakerna till att jag vågade göra slag i saken när affären blev till salu här i Kungsfors. Jag ville nog visa att jag var att räkna med. Att jag hade både förmågan och drivkraften. Och Valter har väl drivit det ännu mera till sin spets...

Hon satt tyst igen och Monica lät henne ta den tid hon behövde.

– Mamma har också alltid varit en fantastisk mamma, fortsatte Berta. Hennes styrka har jag nog haft mer nytta av än jag många gånger tänkt på. Du skulle träffa henne någon gång så skulle du kanske bättre förstå vad jag menar...

Monica nickade.

– Det skulle vara roligt, sa hon utan att låta alltför angelägen. Men jag kan väl inte bara hälsa på så där utan vidare, eller...

– Visst kan du det, sa Berta ivrigt. Jag kan förvarna henne om att du kommer. Säg bara till när det passar. Eller förresten. Nu kom jag att tänka på en sak. Valter och jag brukar ordna en gemensam bjudning för några grannar, den närmaste släkten och några goda vänner. Det är liksom en tradition som vi har tagit över från våra föräldrar och då brukar mamma också vara med. Det skulle vara roligt om du kunde komma med och då får du ju ett tillfälle att lära känna mamma också.

Monica var inte alls så säker på att det var en god idé, men visste inte riktigt hur hon skulle hantera situationen. Var det en formell inbjudan eller bara ett hugskott från Bertas sida? Skulle det vara ett lämpligt tillfälle att komma på tu man hand med Lovisa Lagberg?

Berta, som tycktes läsa Monicas tvekan, fortsatte:

– Du behöver inte oroa dig för att du är ny och okänd för de flesta. Det brukar alltid vara en god stämning varje gång som vi träffas på det sättet. Du kommer helt klart att smälta in bland oss andra, världsvan som du ju säkert är. Det är inte alltid exakt samma gäster heller. För varje år brukar det alltid bli någon som uteblir av olika orsaker och någon som kommer till.

Berta log med hela ansiktet, men det var ett leende som Monica hade svårt för att tyda innebörden av. Hon kände en växande osäkerhet inför Bertas svada och visste inte hur hon skulle hantera den uppkomna situationen. Den förväntan som hon nyss känt höll på att förbytas i något helt annat. Det kändes som om hon höll på att dras in i något som hon egentligen inte ville bli indragen i. Som om andra höll på att ta kontrollen över hennes liv, något som hon absolut inte var van vid.

Bäst att stämma i bäcken, tänkte hon och sköt undan kaffekoppen som en markering att hon tänkte bryta samvaron med Berta.

– Nej, nu är det nog bäst att jag får uträttat vad jag skulle, sa hon med ett avväpnande leende mot Berta. Tack så mycket för kaffet. Det smakade riktigt bra. Jag måste väl få chansen att återgälda din gästfrihet någon gång.

– Tänk inte på det. Det är bara roligt när mina kunder har tillfälle att stanna till på en kopp kaffe. Sen är det ju inte så ofta som jag har möjlighet att lämna affären på det här sättet förstås. Fundera över min inbjudan. Du behöver inte ge besked nu. Det är ju inte precis i morgon som det handlar om. Vi brukar försöka ha det någon gång i slutet av maj när vårsådden är över och höbärgningen inte hunnit komma igång. Det är ju några bönder som brukar vara med, så vi tar hänsyn till dom i första hand.

Monica nickade och reste sig.

– Jag kanske ringer dig om någon vecka så kan du ge besked, fortsatte Berta. Annars blir det väl så att du får ett inbjudningsbrev som alla andra gäster brukar få.

Monica nickade igen.

Nu ville hon bara få uträttat vad hon kommit till affären för och sedan återvända hem. Hem till lugnet och stillheten. Hem för att fundera igenom fortsättningen utan att behöva stressas av den beskäftiga affärsinnehavarinnan. Pratstunden med Berta hade visst varit givande, men för nu kände hon att det räckte för den här gången. Det gavs väl fler möjligheter att bli informerad av Berta i Kungsfors.

När hon svängde in genom porten till sitt eget kände hon hur lugnet började återvända. Hur hon kunde tänka klart igen. Hur hon kunde återvända till sin strategiska plan för att komma vidare i de efterforskningar som blivit så viktiga för henne.

Att Lovisa Lagberg kunde vara en viktig informationskälla kände hon på sig, men hur hon skulle kunna få del av den informationen utan att utlämna för mycket av sig själv hade hon inte en aning om i nuläget. På något sätt skulle det väl ändå lösa sig. Det kändes som om det fanns någon form av högre instans som hade sitt finger med i spelet.

Nej, nu får jag inte bli alltför religiös i mina funderingar, tänkte Monica medan hon plockade in sina varor i skafferi och kylskåp och frys. Märkligt vad den här stugan verkar påverka mina tankar.

Hon kände det som om hela boendemiljön liksom öppnade nya vyer inför henne. Hur den gamla stugan på något sätt hade sin egen själ och hur den blev mera som en god vän, en samarbetspartner.

Hon log åt sina egna slutsatser och satte igång med förberedelser för nästa måltid. Tiden liksom bara rann ifrån henne och det blev inte mycket uträttat. Men ändå kändes det inte som om hon förslösade den.

Allting kändes bara rätt.

Frampå kvällen fortsatte hon sorteringen av böcker. Om det var något som hon kände för att prioritera så var det detta. Hade hon lite tur skulle hon väl inte behöva gå igenom alla boklådorna innan hon fanns vad hon sökte. Även om hon var ganska osäker på vad hon egentligen skulle hålla utkik efter.

När det var dags att tänka på lite nattsömn hade hon kommit en god bit på väg. Trots sin iver att hitta "boken" som hennes mamma tydligen pratat om, var hon noggrann i sin genomgång. När det här var gjort skulle hon inte behöva göra det en gång till.

Fjortonde kapitlet

Kontoret som fanns ledigt att hyra låg mycket centralt i närheten av torget i Kornlanda. Hyran var visserligen lite i överkant, men Monica tvekade ändå inte. Hennes tanke från början hade varit att försöka bedriva sin verksamhet hemifrån, men mycket snart insåg hon att det inte var någon hållbar idé. Hon hade redan hunnit skaffa sig några kunder i närområdet och behövde en plats där hon kunde utföra sitt arbete, men också en plats där hon kunde lämna arbetet och känna sig ledig när hon stängde dörren.

Hyresvärden bedrev själv ett urmakeri i samma fastighet vilket Monica såg som ett lämpligt sammanträffande. Hon hade ju den gamla klockan därhemma och behövde få hjälp med att få den att fungera. Hon hade gjort flera försök att få igång den utan att lyckas. Det skulle vara så trevligt att höra tickandet från en klocka som mätt ut tiden för dem som sedan länge lämnat den här tillvaron. Som en påminnelse om att allting på något sätt hänger samman, att varje människa är en del av något större, en länk i en längre kedja av händelser.

Den mycket vänlige och överdrivet artige urmakaren hade försäkrat att han skulle ta sig an klockan så fort hon kunde lämna in den till honom. Monica hade snabbt insett att det var lättare sagt än gjort. Den gamla klockan vägde en hel del så hon bedömde det säkrast att få den undersökt på ort och ställe.

Urmakaren, Lövgren, hade inget att invända mot detta. Han skulle mycket gärna komma ut till hennes stuga och ta sig en titt på klockan. Att han därtill gärna lät blicken vila lite extra länge på klockans nuvarande ägare undgick inte Monica, men det störde henne konstigt nog inte.

Det var något så oförstört, något nästan barnsligt, över urmakare Lövgrens sätt att betrakta henne. Att han attraherades av hennes utseende kunde hon förstå, men det var inget som han på något sätt skulle kommentera. Hon hade fått nog av kommentarer omkring sitt utseende genom åren. En del uppskattande, det måste hon erkänna, men många gånger mer plumpa och dumma. Något sådant skulle aldrig komma från Lövgren. Han kunde bara inte låta bli att njuta av den kvinnliga fägringen, men han gjorde det på ett belevat sätt. Ett sätt som, även om Monica ogärna ville medge det, faktiskt kändes ganska bra även för henne.

När de några dagar senare satt vid kaffebordet, som Monica hittat en solig plats för i västerläge, var det inte bara blommorna, grönskan, fåglarna, den fantastiska omgivningen som drog Lövgrens blickar till sig. Monica kunde inte låta bli att le lite grann åt den uppenbara beundran som återspeglades i urmakarens ögon då han lät blicken vila på värdinnan mitt emot honom.

– Kommer det att ta lång tid att få igång det gamla urverket?

Lövgren ryckte till och såg ut som han ertappats med något otillåtet.

– Nja, det ska nog ordna sig ganska snabbt, svarade han. Fast jag måste nog beställa en del grejor som jag inte direkt har på lager. Det är ju inte var dag som man får in ett verk som det här.

Han småskrattade lite belåtet och Monica förstod att han var uppriktigt glad över att få ta sig an den gamla klockan. Det var kanske den verkliga drömmen för varje sann urmakare, tänkte hon.

– Ja, jag har ju ingen direkt brådska, sa hon och gav honom ett varmt leende. Jag har ju mina vanliga klockor om jag vill veta tiden, men jag ser ändå fram emot att få höra den gamla klockans klang. Det känns som om det hör till i ett hus som det här, eller vad säger du?

– Absolut. Det är verkligen ett fint boende du har härute i Dörja. För det räknas väl till byn, eller gör det kanske inte?

Monica ryckte på axlarna.

– Jag vet faktiskt inte. Det enda jag säkert vet är att det kallas för Larssons. Och så vet jag att Valter Lagberg var en het spekulant på att lägga det här stället till sina domäner, men det behöver ju inte betyda att det hör till Dörja. Han har kanske intressen som sträcker sig utanför byn också.

– Ja, Lagberg, ja, sa Lövgren och för första gången tyckte sig Monica märka ett mörkt stråk i hans annars så ljusa och vänliga uppsyn. Valter Lagberg ser nog ingen bortre gräns för sina ambitioner...

Även om påståendet inte var någon nyhet för Monica förvånades hon ändå över att namnet Valter Lagberg tycktes mana fram det negativa hos andra människor. Vad var det hos den mannen som hade den effekten?

– Känner du Valter Lagberg?

– Nja, känner och känner, sa Lövgren lite försiktigt. Jag är väl inte direkt personligt bekant med honom så att vi umgås eller så. Men annars finns det väl inte så många i de här trakterna som inte känner till släkten Lagberg. Den har liksom låtit tala om sig under ett antal år.

– Jaha, sa Monica och kunde inte låta bli att låta lite ovetande. Vad är det för speciellt med den släkten? Jag vet ju bara att det är en syster till Valter som driver affären i Kungsfors och att deras mamma bor en liten bit härifrån.

– Jaha, joho, sa Lövgren. Tja, det är kanske inte så mycket att prata om egentligen, men rykten har ju alltid florerat i sådana här bygder. Jag är själv född en bit från byn och mina föräldrar bor fortfarande kvar på gården som varit i min släkts ägo i flera generationer. Huset i stan var en investering som min farfar gjorde en gång. Så en viss inblick i vad som händer härute har jag väl.

Han tystnade och tycktes fundera över varför han börjat prata så öppet med sin hyresgäst.

– Ja, det är väl inte så mycket mer att orda om saker och ting som hänt i det förgångna, sa han sedan med sådant eftertryck så Monica förstod att nu sattes det punkt.

Hon ville absolut inte förstöra den goda gemenskap som hon hittills upplevt med sin nya hyresvärd, så hon satte tand för tunga och lät bli att fråga vidare även om det brann en iver inom henne att få veta mer.

– Ja, jag får tacka så mycket för kaffet, sa Lövgren. Det är kanske lika bra att jag tar klockan med mig och far tillbaka till stan. Jag får väl anledning att återkomma när reparationen är klar, hoppas jag.

Blicken han gav Monica talade sitt tydliga språk. Han var mer än intresserad av att fortsätta odla en djupare gemenskap med henne. Hon hade gjort intryck på honom på ett plan som inte hade det minsta med lokaluthyrning eller klockreparationer att göra. Urmakare Lövgren hade blivit påverkad långt mycket djupare av sin hyresgäst och numera också kund. Att det kunde hända var väl inget direkt överraskande för Monica själv. Genom åren hade hon fått uppleva den reaktionen hos mer än en av det motsatta könet. Hitintills hade det inte lett till något mera hållfast eller ihållande så det var väl inte så mycket att ägna tid och tanke åt.

– Ja, jag är jättetacksam om du vill vara så snäll och hänga tillbaka den på dess plats igen när den både tickar och slår, log hon.

Hon stod kvar i dörröppningen och lät blicken följa den lite kutryggige urmakaren när han bar klockan till sin bil.

Hur gammal kan han vara egentligen, tänkte hon. För gammal för mig kanske...

När bilen försvunnit bortöver återvände hon till kaffebordet för att duka undan, men blev först sittande en stund till eftersom tankarna på nytt överväldigade henne.

Vad var det med familjen Lagberg? Med släkten Lagberg?

Femtonde kapitlet

Regnet piskade mot fönstret och när Monica tittade ut kunde hon konstatera att uttrycket "står som spön i backen" mycket väl kunde ha fog för sig en dag som denna. Hur som helst så var det absolut inte någon dag för utomhusaktiviteter. Det var en ypperlig dag för boklådorna.

Hon ringde sin hyresvärd och bad honom sätta upp en skylt på dörren till hennes kontorslokal. "Stängt idag på grund av inventering" skulle det stå.

– Inventering?

– Ja, precis, sa Monica. Det är kanske inte hela sanningen, men jag tycker att det kan täcka in en del av det som jag måste ägna mig åt idag.

Hon log lite för sig själv medan hon betraktade boklådorna framför sig.

Med TV-kannan fylld av kaffe satte hon igång med en energi som hon knappast kunde minnas när hon haft senast. Nu skulle boklådornas innehåll skärskådas till sista pärm. Det fanns inte tid att låta detta viktiga arbete vila längre. Det räckte inte att ta en låda då och då när tiden så tillät. Nu skulle hon inte sluta förrän den sista boken hade funnit sin plats i någon av de olika sorteringshögarna.

När fjärde koppen kaffe hade inmundigats blev det ett uppehåll i Monicas ivriga plockande av böcker från lådor till staplar. Hittills hade "skänka bort"-staplarna tenderat att bli de största. Även om hon, av nostalgiska skäl, skulle ha velat spara en hel del av sin mammas favoritlitteratur var hon väl medveten om att dessa bara skulle bli stående och samla damm. Helt plötsligt höll hon i sin hand en

ganska tunn liten bok. Knappast en bok ens i jäm-
förelse med alla de övriga i lådan.

Det var mera som ett litet häfte, ett anteckings-
block. Det hade visserligen hårda pärmar och ett
rött snitt på bladen, men det var ändå ganska oan-
senligt. Det som fick hennes hjärta att bulta på ett
nästan oroande sätt var namnet som stod präntat
på främre pärmen.

"Lilian"

Det här måste vara boken, tänkte Monica och
kände en tveksamhet inför att öppna den. Det kän-
des nästan som om hon inte hade rätt till den här
bokens innehåll. Som om hon befann sig på förbju-
det område. Som om hon höll på att inkräkta på
någon annans djupt privata och personliga område.

Hon kände hur hjärtat bankade medan hon
sakta strök med handen över den lilla bokens pär-
mar. Hon vände och vred på den. Hon höll den
nära sitt ansikte och kände den speciella doften av
gammalt papper.

– Mamma, mumlade hon. Mamma.

Hon lade ifrån sig boken överst i en av staplarna
med böcker och försökte få kontroll över sina käns-
lor och darrande händer. Skulle hon våga öppna
boken? Var hon beredd att ta till sig det som den
här boken troligtvis skulle ge henne?

Hon kände plötsligt hur trött hon blev. En blick
på klockan förklarade för henne att tröttheten kunde
bero på att hon inte ätit något på flera timmar. Ti-
den hade bara flugit iväg.

Hon slets mellan behovet av att stilla sin nyfi-
kenhet och behovet av att vara i lämpligt skick för
att kunna ta till sig bokens innehåll. Förnuftet seg-
rade till slut och hon bestämde sig för att ordna
någon form av måltid innan hon ägnade sig åt

bokens innehåll. Hade den väntat så länge kunde den säkert vänta några minuter till.

Monica satte sig i sin favoritfåtölj när hon till slut kände sig redo att ta sig an den lilla anteckningsbokens innehåll. Hon öppnade den med en känsla av respekt eller vördnad inför dess innehåll. Eller kanske snarare för bokens upphov. Det kändes som om hennes mamma kom henne så nära på nytt igen.

Boken var som en form av dagbok, men det var ibland långt mellan noteringarna. Monica började sakta läsa och det dröjde inte länge förrän hon kände hur ögonen tårades medan hon tog sig igenom sin mammas anteckningar om större och mindre händelser i hennes liv.

Den välkända handstilen hade till en början ett lite ojämnare utseende och var skriven med en penna som lämnat en del plumpar i texten. Det var den mycket unga Lilians försök att sätta ord på det liv och den vardag som var hennes.

Några korta nedslag i en uppväxt som, efter vad Monica kunde förstå, varit mycket lycklig. Inga stora händelser direkt, men mindre noteringar om födelsedagar, om julfester, om skolstart och skolavslutningar. Lite om kamrater som blivit goda vänner. En hel del positiva ord om föräldrarna, deras omsorg och kärlek. Ibland några ord som avslöjade att även hon, trots den harmoni som tydligen funnits i hemmet, hamnat på kollisionskurs med sina föräldrar ibland.

Flera noteringar handlade om ett personligt engagemang i någon form av kyrklig verksamhet. Tydligen hade modern varit med i någon form av ungdomsverksamhet som kunde knytas till ett missionshus i närheten av hemmet. Monica rynkade pannan och förvånades över detta. Hon kunde inte minnas att hennes mamma gett några som helst signaler om att det funnits ett sådant intresse hos henne. Troligtvis hade det försvunnit innan hon mötte vuxenlivet.

Det verkade ändå som om gemenskapen i den kristna verksamheten hade haft stor betydelse för Lilian under de år som den varade. Monica kunde tydligt utläsa hur Lilian funnit någon form av livsglädje och livsstyrka tillsammans med de andra ungdomarna och deras ledare. Det var mycket sparsamt med namn i boken, bara ett fåtal förnamn, men inget av dem kunde kopplas till namn som Monica nu kände till.

Hon vände varsamt blad i boken och väntade med spänning på att komma fram till något som skulle kunna ge henne några ledtrådar om var i landet hennes mamma hade haft sin uppväxt. Trots allt sitt skrivande hade den unga Lilian tydligen mycket konsekvent uteslutit ortsnamn som skulle kunna spåra platsen för bokens tillkomst. Hade hon redan från sin egen barndom haft en rädsla för att bli förknippad med något som hon inte kunde kontrollera själv? Var det härifrån som Monicas kontrollbehov hade sina rötter? Behovet av att vara lite anonym, att inte vara lättplacerad och spårbar.

Även om hon blev allt ivrigare att nå fram till tiden för hennes eget intåg i moderns liv, ville hon inte hoppa över något av det som hennes mamma ansett värt att bevara minnet av.

Trots att de korta noteringarna till stora delar handlade om vardagliga saker blev det ändå som en tydligare bild av vem Lilian Björkengren var. Ja, innan hon hette Björkengren förstås. Då hon fortfarande var en ung flicka i livets inledande skede.

Gång på gång var Monica tvungen att göra ett uppehåll i läsningen och torka tårarna som envist trängde sig fram. Minnet av, och saknaden efter, modern blev på nytt så oerhört överväldigande för henne.

Till sist kände hon att hon helt enkelt måste låta boken vila ett tag. Hon klarade bara inte av att fortsätta läsningen, även om det hitintills inte funnits något som svärtade ner eller störde bilden av hennes mamma. Där fanns bara den där känslan av att boken var skriven av en person som aktade sig för att lämna ut något som kunde feltolkas eller vändas emot henne på något sätt.

En blick ut genom fönstret sa henne att regnet hade upphört. Det var kanske läge för en promenad. Hon kände definitivt att hon behövde rensa hjärnan på något sätt. Att ha tagit del av moderns dagbok, eller vad man nu skulle kalla den lilla boken, hade trängt djupt in i hennes allra innersta. Det hade skapat ett antal frågor som hon inte hade svaret på och det hade samtidigt börjat bygga upp ett komplement till den bild av sin mamma som hon hittills levt med.

Tänk om mamma hade berättat det här medan hon levde, funderade Monica. Tänk om hon hade gett mig möjligheten att få ställa de kompletterande frågorna. Varför hade hon inte gjort det?

Svaret fanns antagligen i bokens fortsättning. Eller gjorde de inte det. Hur som helst så måste hon just nu skaffa sig lite distans till det som hon läst innan hon kände sig mogen att gå vidare, att ta del av fortsättningen.

Sextonde kapitlet

Monica kunde inte hjälpa att hon hajade till lite extra när dörren till hennes kontor öppnades och Valter Lagberg stod där i dörröppningen med ett av sina mest välpolerade leenden över hela ansiktet.

– God dag, sa han. Stör jag på något sätt?

Monica rättade till anletsdragen och tyckte nog att hon lyckades se affärsmässig ut då hon svarade med en gest och bjöd honom att stiga på.

– Vad kan jag hjälpa er med?

– Ojojoj, så formellt, log Lagberg. Lite känner vi ju ändå varandra, eller hur?

Monica kostade på sig ett litet, mycket avmätt, leende.

– Det gör vi kanske, sa hon, men här är jag yrkeskvinnan som behandlar alla kunder, eller presumtiva kunder, på samma sätt.

– Åhå! Då får man väl rätta sig därefter.

Det var tyst en stund medan de betraktade varandra och Monica upplevde på nytt den där splittrade känslan i närheten av Valter Lagberg. Det fanns något där som förde dem samman, men det fanns också en hel del som skapade osynliga murar dem emellan.

Lagberg bröt tystnaden.

– Jo, jag har faktiskt ett seriöst ärende, sa han. Jag tror att du skulle kunna hjälpa mig med ett par ärenden som blivit lite, ska man säga, besvärliga att hantera utan professionell hjälp. Jag har förstått att du skulle kunna vara den rätta personen för att hantera den här typen av problem.

– Jaa!

Valter Lagberg fortsatte med att sätta in Monica i de ärenden som kommit att orsaka honom en del huvudbry. Monica lyssnade och nickade.

– Ja, jag ska nog kunna ta mig an saken, sa hon. Låt mig bara först berätta om hur jag lägger upp mitt arbete och hur jag brukar fakturera mina kunder.

Lagberg nickade.

När Monica förklarat sitt arbetssätt och sin taxa för den här typen av arbete sträckte Lagberg fram handen.

– Avgjort, sa han. Du har uppdraget och jag förväntar mig ett snabbt och väl genomfört resultat.

Monica besvarade handslaget och därmed var saken klar. Nu återstod bara ett kontrakt som hon snart skulle ha klart och när det var påskrivet var hon redo att sätta igång.

– Så får vi kanske anledning att träffas fler gånger på tu man hand, sa Lagberg när han reste sig för att gå. Det ser jag fram emot! Hoppas du gör detsamma!

Monica studsade till lite, men lyckades ändå dölja känslorna som började svalla inom henne på nytt. Hon reste sig också och rättade till ett par veck på kjolen.

– De möten som vi behöver ha föreslår jag att vi har här på mitt kontor, sa hon. Här har jag ju närhet till allt som jag kan tänkas behöva.

Valter nickade och log ett svårtytt leende.

– Vi får väl se, sa han och vände på klacken för att snabbt försvinna ut genom dörren.

Monica stod kvar och stirrade på den stängda dörren med ett stort frågetecken målat i sitt ansikte. Skulle hon någonsin bli klok på den mannen? Var det över huvud taget vettigt av henne att acceptera ett uppdrag från Valter Lagberg? Varför sa hon inte att hon för närvarande var överhopad med arbete? Fast sanningen var ju förstås den att hon hittills inte hade tillräckligt att göra om hon ville att hennes rörelse skulle gå ihop sig. Om hon ville att intäkterna skulle överstiga kostnaderna.

Sakta sjönk hon ner på kontorsstolen och tittade rakt framför sig utan att kunna fokusera på något.

Efter en stund kastade hon en blick på klockan och kunde konstatera att det var dags att få något i magen. Hon visste nu om ett antal lunchserveringar i stan varför hon brukade variera sig så gott hon kunde. Det var också ett sätt att bli sedd och kanske stöta ihop med någon som i sin tur kunde leda till ett uppdrag, ett jobb, en intäkt.

Försommarvärmen var bedövande när hon steg ut på gatan för att styra stegen mot stadshotellet, det matställe som låg närmast till hands. Hon passerade några torgknallar när hon sneddade över torget men hade varken ork eller lust att titta närmare på vad de saluförde. En annan gång kanske, men inte idag.

Hon hittade ett mindre bord utmed ena väggen och slog sig ner där med dagens lunch som bestod av fisk med kokt potatis och någon form av senapssås. Vanligt kranvatten och en brödbit fullbordade menyn.

Valter Lagbergs besök satt fortfarande kvar i hennes inre. Hon kunde inte släppa det fast hon behövde en stunds avkoppling med en god bit mat. Hon åt nästan mekaniskt och stirrade framför sig utan att varken se eller höra vad som hände runt omkring henne.

– Ursäkta, men är det ledigt här?

Rösten som ställde frågan var melodisk, ja, den var riktigt vacker.

Hon såg upp och mötte pastor Peter Fridhs blick.

– Ja, javisst, sa hon.

– Tack, då slår jag mig ner.

Peter Fridh tog en klunk mjölk ur glaset och gav henne en lite frågande blick.

– Någonting på tok? undrade han.

Monica mötte hans blick för någon sekund, men såg sedan ner i sin tallrik.

– Hurså?

– Förlåt om jag tränger mig på, sa pastor Fridh. Men jag kunde inte undgå att se allt inte verkar stå riktigt rätt till. Det är kanske en yrkesskada. Förlåt mig. Du behöver inte svara. Du har ju inte direkt sökt min hjälp...

Han slog urskuldande ut med handen och höll på att slå omkull både sitt och Monicas dricksglas.

Båda skrattade till och det var som om den lilla malören löste upp något som inga ord i världen skulle ha lyckats med.

– Nja, jag satt i djupa tankar, sa Monica. Jag hade ett besök i min verksamhet strax före lunch och har inte kunnat släppa det riktigt fast jag har lunchrast.

Hon log lite och ryckte på axlarna.

– Sådär kan det ju bli ibland, sa Fridh. Jag ska nog erkänna att det händer mig ganska ofta i den verksamhet som jag är engagerad i.

– Tack för senast förresten, sa Monica. Det är ju ett tag sedan, men bättre sent än aldrig brukar man ju säga.

– Tack själv. Roligt att du kom.

De satt tysta och lät sig väl smaka av maten. Bland de serveringar som Monica hittills besökt placerade sig nog den här högt upp på listan. Maten var vällagad och personalen trevlig och tillmötesgående.

Hon kände hur lugnet återvände. Det var som om pastor Fridhs närvaro skapade en atmosfär av lugn och ro. Hon började förstå varför Tage Persson talade så väl om pastorn och hans fru. Det handlade nog inte om professionen, det handlade nog mer om personen.

– Ja, så har du ju blivit dörjabo, sa pastorn efter en stunds tystnad. Får man ställa den obligatoriska frågan om hur det känns?

Hans leende var äkta. Det kändes som om frågan faktiskt också var äkta, även om han dolde den bakom en jargong. Han menar nog vad han säger, tänkte Monica medan hon förberedde ett lagom diplomatiskt svar.

– Jag har väl inte hunnit känna efter så mycket än. Det är ju ganska mycket att tänka på och ordna med när man flyttar från en del av landet till en annan. Det är förstås inte till världens ände som jag flyttat, men jämfört med storstan känns det ganska annorlunda. Annorlunda på ett bra sätt, skulle jag nog vilja påstå. Men tiden får väl utvisa om det är på det sättet eller inte.

Pastorn nickade bara.

– Det verkar ju finnas en helt annan närhet mellan människorna i en sådan här typ av bebyggelse om man jämför med en större stad, fortsatte Monica. Visst finns det en form av gemenskap även i storstadens vardag, men kanske ändå inte riktigt på samma sätt. Sedan kan det kanske ha sina sidor med närheten också. Det är kanske lättare att bli bekant med dom som bor i närheten, men kanske också lättare att bli lite för närgången i det dagliga livet. Det kan nog vara svårt att veta var gränsen ska dras när det gäller engagemanget i grannarnas vardag.

Pastorn nickade igen.

– Det är en ganska bra analys du gör, sa han. Landsbygden har sina fördelar och sina nackdelar, men förhoppningsvis överväger ändå fördelarna. Men visst är det svårare att gömma sig i mängden när det handlar om ett begränsat antal människor. Man blir granskad och man granskar. Hos de flesta finns ändå en välvillig inställning till grannar och närboende. Det har du kanske också redan förstått.

Nu var det Monicas tur att nicka. Kommentarer kändes överflödiga.

– Skönt i alla fall att det inte var något allvarligt som tyngde dig, sa pastor Fridh och mötte Monicas blick och höll fast den i några sekunder. Du får ursäkta att jag ställde frågan, men på något sätt känner jag det som min uppgift att försöka läsa av andra människors behov. Jag får väl bara erkänna att min förmåga på området inte alltid verkar vara hundraprocentig.

Han log ett varmt leende och reste sig samtidigt som även Monica gjorde det.

– Ha en fortsatt bra dag! Du vet var jag finns och du hittar ju till kapellet. Du ska veta att du alltid är välkommen att ta kontakt. Är man ny i en bygd kan det alltid finnas något som man skulle behöva hjälp med.

Monica återgäldade leendet.

– Tack för pratstunden, sa hon. Och tack för att du bryr dig! Det känns bra att veta även om jag inte var i så stort behov av själavård idag. För det heter väl så när en präst är involverad...

– Jo, så brukar det ofta kallas.

De skildes åt ute på gatan och Monica skyndade tillbaka till kontoret. Lunchen hade dragit ut lite på tiden, men hon hade ju inga inbokade besök att det hade någon betydelse. Än så länge hade hon gott om tid i sin verksamhet. Till och med så gott om tid att hon inte kunde välja och vraka bland uppdragen på samma sätt som hon hade kunnat göra när hon hade sin firma i storstaden.

Sjuttonde kapitlet

Monica vände och vred på kortet som hon fått fram då hon öppnat kuvertet som funnits i hennes brevlåda. Hon hade redan läst de få orden som stod där ett antal gånger och kände hur hjärtat slog lite snabbare än vanligt.

Det var en inbjudan. En inbjudan som hon visserligen haft en aning om att den nog skulle komma, men som hon inte hade sett fram emot eller längtat efter direkt. Hon kände sig väldigt kluven inför inviten som hon måste ta ställning till och ge sitt svar på.

Hur skulle hon hantera den här situationen på bästa sätt?

Från en sida sett så var hon väldigt benägen att tacka ja och förbereda sig på bästa sätt inför samlingen som hon fått förmånen att bli en del av. Det skulle kanske ge henne möjlighet att tränga djupare in i sina efterforskningar.

Från en annan sida sett ville hon helst tacka nej och därmed markera att hon inte ville bli en del av den inre kretsen omkring familjen Lagberg. För att ett jakande svar på inbjudan innebar just detta, det var hon mycket väl medveten om.

Fast hon inte kunde sätta fingret på varför hon kände en viss reservation gentemot den lagbergska släkten så fanns den där i alla fall. Till en stor del berodde det nog på Valter Lagberg och hans sätt att ta kontakt. Hon kände sig absolut inte bekväm med den mannen och de olika sidor som han hittills visat upp för henne. Sedan hade det kanske en viss betydelse att hon, från mer än ett håll, fått ta del av synpunkter på släkten Lagberg. Synpunkter som till stor del inte talade till deras fördel.

En tredje aspekt var att det kändes lite förargligt att tacka nej med tanke på Berta. Även om den kvinnan också hade sina speciella sidor måste ändå Monica erkänna att det positiva, det omtänksamma och generösa vägde över. Hon kände sig lite skyldig att acceptera inbjudan och göra det bästa av situationen när den dagen kom.

Hon suckade tungt och ställde kortet mot blomvasen som stod på bordet. Kanske var det ändå klokast att låta det hela mogna lite grann innan hon fattade det definitiva beslutet. Hon hade ju några dagar på sig innan hon måste ge sitt svar.

Om hon ändå hade haft någon att anförtro sig åt. Någon att prata med. Någon att diskutera den uppkomna situationen med. Återigen kände hon den där bedövande ensamheten, utsattheten, litenheten.

– Mamma, mumlade hon. Varför måste du lämna mig så hastigt och utan att jag fått veta svaret på min allra viktigaste fråga?

Hon kände hur sorgen och saknaden efter modern gjorde sig påmint på ett obarmhärtigt sätt just den här stunden. Även om de inte alltid varit överens om allting så hade hennes mamma ändå alltid funnits där för att lyssna, för att stryka henne över håret och för att försöka komma med goda råd då viktiga beslut skulle fattas. Hon hade nog inte alltid förstått att uppskatta den tillgången då, men nu insåg hon hur mycket hon hade förlorat.

Hon var så inne i sina tankar att hon riktigt hoppade till då telefonen ringde. Det var som om hon väcktes ur en djup sömn, som om hon kallades tillbaka till den verklighet som var hennes just här och nu. Hon kände ett starkt behov av att försöka samla ihop sitt inre innan hon lyfte luren för att svara.

– Monica.

– Hej, det är Uno.

Uno, tänkte Monica, vem är Uno?

– Ja, Uno Lövgren, förtydligade rösten i telefonen, precis som om han läst hennes tankar. Jag skulle bara berätta att klockan är klar. Jag skulle kunna komma ut med den i morgon, om det passar. Efter att jag stängt affären då förstås, så det blir väl framåt tretiden. Det är ju lördag...

– Så bra, sa Monica. Verkligen bra! Jo, men det passar mig alldeles utmärkt om du vill vara så snäll och göra det. Då kan jag kanske få bjuda på något också. Ja, lite mer än bara kaffe, menar jag.

Hon kände hur det hettade i kinderna och kunde inte förstå varför hon kände sig så generad, så ertappad på något sätt.

– Åh, tack! Det låter alldeles utmärkt. Det ser jag verkligen fram emot.

Hon kunde nästan se honom framför sig, hur han bugade och bockade och förde sig, som den gentleman och affärsman som han var ända ut i fingerspetsarna.

– Ja, men då säger vi så. Du är mycket välkommen. Ja, både du och klockan får jag väl säga. Jag ser fram emot att få både se och höra den.

– Ja, det är en verkligt fin sak, sa Lövgren. Jag skulle inte ha något emot att ha en sådan i mitt eget hem. Konstigt egentligen att ingen av de förra ägarna ville ha den. Men de förstod kanske inte att den har ett verkligt värde. Men det behöver vi ju inte prata om nu. På telefon, menar jag. Det kan vi kanske prata mer om när jag kommer ut med den.

– Ja visst. Tack för att du ringde!

– Ja, då säger vi så. Hej då!

– Hej, hej!

Hon lade på luren och tog stöd mot väggen.

Vad var det med henne? Varför blev hon så underlig i hela kroppen?

En verkligt fin sak! Ett verkligt värde!

Vad menade han?

Och vad hade det för betydelse för henne? Hon hade ju ekonomiska tillgångar så hon skulle kunna köpa vilken klocka som helst. Nästan, i alla fall!

Eller var det kanske inte orden om klockan och dess värde som påverkade henne på det här sättet. Kunde det vara mannen bakom orden...

Monica satte sig i soffan och tittade rakt framför sig utan att direkt kunna fästa blicken på något speciellt i rummet.

Inbjudningskortet hade rört om i hennes tankevärld och på något sätt rubbat hennes invanda och trygga cirklar. Telefonsamtalet, som egentligen bara handlade om en gammal klocka, hade hjälpt till att få hennes inre i gungning på ett alldeles oförklarligt sätt. Eller kanske inte så oförklarligt, men ändå överraskande, oförutsett.

Dörja by, tänkte hon. Vad är det med den här stugan, med den här byn, med den här bygden, med de här människorna?

Dessa tankar fortsatte att arbeta inom henne när hon lite senare på kvällen satt framför teven och försökte följa med i nyhetssändningen. Väderrapporten gick henne obemärkt förbi fast hon lite tidigare tänkt att hon skulle vara lite extra uppmärksam på hur vädret skulle bli över helgen.

Gång på gång var hon på väg att ta sig an Lilians bok igen, men samtidigt som hon längtade kände hon en viss rädsla för att fortsätta läsningen. Hon kunde inte finna någon rimlig förklaring, det var bara så...

När hon slutligen kom i säng och hade släckt lampan var det ändå svårt för sömnen att infinna sig. Fast hon blundade såg hon flera gestalter liksom röra sig omkring henne.

Där fanns henne mamma, frisk och levande. Där fanns Tage Persson med ett underfundigt leende. Där fanns Valter Lagberg, påträngande och självsäker. Där fanns Berta Ohlsson, ivrig och beskäftig. Där syntes pastorsparet Fridh med en gloria av ljus omkring sig. Där syntes Uno Lövgren, bugande och älskvärd. I periferin anades hennes styvpappa som en trygg klippa, George Ek med silverglänsande hår och väninnorna Agneta och Lena med sminkade ansikten och utmanande klädsel.

Allt snurrade runt, runt och mitt i alltsammans befann sig Monica som någon form av nav, som en medelpunkt, som något som allting snurrade omkring.

Hon ryckte till och blev klarvaken.

Hon tände lampan och såg sig forskande omkring i rummet, men allt var som vanligt. Det var tyst och stilla i huset och om hon lyssnade noga kunde hon, genom den lilla fönsterspringan, höra en stilla vind dra genom trädgården.

Den var tillbaka. Tryggheten som hon känt första gången hon kommit till "Larssons". Allt det andra var bara en produkt av hennes egen fantasi, hennes okuvliga lust och längtan efter svar på hennes livs mest väsentliga fråga. Det var hennes överdrivna ambition att sätta sig själv i centrum som störde nattsömnen. Hon måste inse att allt i tillvaron inte nödvändigtvis kretsade omkring henne.

Hon rättade till kudden, kvävde en gäspning, och kände att nu kunde hon sova.

Lördagsmorgonen lovade en fin dag för den som ville vistas ute i naturen. Solen sken från en nästan klarblå himmel och temperaturen var redan på väg att nå en mycket behaglig nivå. Monica tog med sig frukosten ut i trädgården för att riktigt njuta av den miljö som hade fångat henne då hon första gången steg in i Larssons trädgård.

Tänk att jag verkligen bor här, mitt i paradiset, tänkte hon och slöt ögonen en stund. Det här hade jag knappast en aning om för bara något år sedan. Vad är det som har fört mig hit? Vad är det som gör den här platsen så speciell? Varför känner jag en sådan tillhörighet just här, när jag ändå bott nästan hela mitt liv omgiven av storstadens puls?

Hon tog en tugga av smörgåsen och funderade vidare.

Hennes tankar rörde sig omkring det som hittills hänt, hur allting på något sätt tycktes ha lagts tillrätta just för henne. Hur hon funnit en livskvalité som hon tidigare inte visste fanns. Eller som hon tidigare nog inte ens trodde att hon skulle känna sig bekväm med.

Jag är annorlunda, tänkte hon. Annorlunda på ett positivt sätt.

Hon tillät sig att sitta länge vid frukostbordet och bara njuta.

Det fanns en del att ordna med i trädgården så efter den utdragna frukosten satte hon igång med lite röjningsarbete. Hittills hade hon inte ägnat särskilt mycket tid åt trädgården. Hon hade väl inte något djupare intresse för trädgårdsskötsel och odling egentligen. Men sakta kände hon att även den sidan började förändras hos henne. Även om hon tänkt tanken att anlita en yrkesman för att få ordning på den trädgård som med åren fått växa lite som den själv ville var hon inte längre riktigt lika säker på att hon ville det. Kanske var det ändå bäst om hon själv tog sig an den utmaning som den gamla trädgården utgjorde. Utan att vara någon expert förstod hon att det fanns förutsättningar för att få en blomstrande trädgård om man bara hade tid och ork.

Kanske fanns det ändå någon i byn som hon kunde prata med om detta. Utan att vara riktigt säker hade hon en känsla av att den lite äldre lantbrukarhustrun som hon mött hos pastorsparet skulle kunna vara ett alternativ. Hon verkade så jordnära och borde vara väl insatt en hur trädgård fungerade och vad som krävdes för att den skulle grönska och blomstra.

Vad var det hon hette nu igen? Maj, nånting.

Kanske bäst att fråga Tage. Han hade ju reda på allt och alla i byn och han verkade ju inte heller vara den som prompt måste veta varför hon frågade. Hon kände att hos Tage Persson kunde ett förtroende stanna. Det gällde kanske inte lika säkert hos en del andra som hon hunnit lära känna i byn...

För Monica var det sällan långt från tanke till handling. Snart stod hon med telefonluren i handen och väntade på att Tage skulle svara. Hon visste att det kunde gå fram en hel del signaler innan han tog telefon. Han satt ju inte direkt och väntade på att någon skulle ringa och inte heller rörde han sig med någon större brådska. I alla fall var det intrycket som hon fått av honom.

– Hallå!

– Hej, Tage, det är Monica! Hur har du det så här på lördagsmorgonen?

– Morgon och morgon, svarade Tage med ett skratt. Det är flera timmar sedan det var morgon hos mig.

– Jaja, sa Monica. Det borde jag förstås ha tänkt på. Alla är ju inte lika slöa som jag på morgnarna. Du är förstås uppe med tuppen du.

Tage skrattade igen.

– Ta det inte så allvarligt. Jag skojade bara lite. Det kan man behöva när man får chansen. Jag har ju inte så många att skoja med. Katten tycks inte begripa eller uppskatta mina skämt.

– Vilken otacksam krabat, sa Monica. Men du behöver inte vara orolig för att jag tog illa upp. Jag uppskattar också ett skämt då och då. Det är väl samma sak för mig. Jag har inte ens en katt att testa mina roligheter på.

– Då skulle du kanske skaffa dig en sån.

– Kanske det, men nu var det inte det som jag ville prata med dig om. Jag har bara en fråga som jag tror du kan svara på direkt. Det finns ett lant-brukarpar i andra delen av byn som jag träffade hos pastorns i julas. Ja, du var ju med vid samma till-fälle. Jag skulle gärna vilja ha kontakt med kvinnan där, men jag har glömt vad hon heter.

– Åh, du menar Maj-Britt Jonsson. Ja, henne skulle du säkert trivas tillsammans med. Det är en trevlig kvinna som, för all del inte gör så mycket väsen av sig, men som jag tror har ett hjärta av guld. Vet du i vilken gård dom bor?

– Nja, inte riktigt säkert. Det var lite för mycket in-formation på en gång den där eftermiddagen hos pastorns. Jag tror knappast att det kom på tal heller för den delen.

– Det är i alla fall den första gården till höger i östra byn, precis när du har kommit över bron. Dom ligger ju ganska tätt där, gårdarna.

– Tack så mycket, sa Monica. Jag visste väl att du var den rätte att ringa till.

– Tror nån det, skrockade Tage. Tror nån det! Jag tror till och med att du kan få telefonnumret till henne direkt. Jag har nämligen haft en del affärer med Bengt, hennes man, så jag har numret uppskrivet i min lilla bok. Vänta bara nån minut!

Monica fick numret och tackade för en trevlig pratstund och tillförlitlig information. Nu var det kanske lika bra att smida medan järnet var varmt.

– Du kan väl titta hit någon gång när du har lite tid över, avslutade Tage samtalet. Du ska veta att du alltid är välkommen! Det är något visst med dig!

Monica tackade än en gång och lade på luren.

Det kändes gott långt in i själen när hon upprepade den äldre mannens ord i sina tankar. När hade någon sagt sådana ord till henne senast?

På nytt blev hon lite extra fundersam efter kontakten med Tage. Vad menade han med de avslutande orden?

Maj-Britt svarade nästan direkt. Hon lät först lite avvaktande, lite undrande, när Monica presenterat sig och försökte inleda någon form av allmänt samtal. Men efter några inledande, vardagliga fraser kändes det som om spänningen släppte.

– Ja, jag har ju hört att ni har flyttat hit för gott, sa Maj-Britt. Det är ju alltid roligt när det kommer nytt folk till bygden. Annars finns ju risken att landsbygden avfolkas även om vi inte sett så mycket av det här än. Jag skulle kanske säga välkommen hit då! Jag hoppas att ni ska trivas och att vi får lära känna varandra lite närmare. Byn är ju inte större utan att man med tiden blir bekant med alla.

– Tack så mycket! Och säg för all del du till mig. Det blir så mycket enklare för oss båda.

– Visst är det så. Ja, då ska du känna dig riktigt välkommen!

Det var tyst några sekunder. Samtalet flöt liksom inte på av sig självt direkt.

– Du undrar kanske varför jag ringer, men saken är den att jag fick en känsla av att jag skulle kunna vända mig till dig när det gäller trädgårdsskötsel. Stämmer det att du är intresserad av det, lite expert på det kanske?

Maj- Britt skrattade. Ett ljust och befriande skratt.

– Jo, det kan man nog svara både ja och nej på, sa hon. Intresserad är jag verkligen, men någon expert på området är jag absolut inte. Det är bara så vilsamt att få hålla på i trädgården. Även om vi håller på med jordbruket sju dagar i veckan är det inte samma sak. Trädgården är avkoppling för mig.

– Det låter bra! Jag är i stort behov av lite goda råd när det gäller den trädgård som nu blivit min. Den har säkert varit väldigt fin en gång i tiden, men nu är det visst ett tag sedan någon ägnade någon tid åt den. Jag förstår att du har mycket att stå i, men tror du att du skulle kunna ha en stund över för lite rådgivning någon dag. I morgon kanske, då är det ju söndag...

– Nja, söndagen vill jag nog inte ägna åt träd-gårdsarbete, svarade Maj-Britt. Den dagen försöker vi göra så lite vardagsarbete som möjligt. Djuren måste ju ha sin skötsel, men annars är det en vilo-dag för oss.

– Åh, jag förstår, sa Monica även om egentligen inte alls förstod.

– Men någon dag till veckan kan jag nog titta över, fortsatte Maj-Britt. Är du hemma på dagarna, eller ska det vara vid någon särskild tid?

– Jag kan i princip när det passar dig, sa Monica. Säg en dag och tid. Du får bestämma. Jag är bara så tacksam om du ville offra några timmar på min trädgård.

– Tja, varför skulle jag inte göra det. Det ska bli roligt. Det är nog första gången som jag efterfrågas i ett sådant ärende. Ska vi säga på tisdag förmiddag då?

– Utmärkt! Då är du riktigt välkommen!

Artonde kapitlet

Monica kunde inte riktigt förlika sig med att hon kände sig en aning spänd inför Uno Lövgrens besök. Hon försökte intala sig själv att det inte var något speciellt. Han skulle ju bara återlämna klockan som han haft inne för reparation. Att han därtill var hennes hyresvärd i stan hade ju inte heller någon betydelse i sammanhanget. Att han var en mycket belevad och affärsinriktad yrkesman borde ju inte heller sätta några känslor i svallning.

Inför hennes inre blick passerade ett antal personer av det motsatta könet revy medan hon förberedde måltiden som hon tänkte bjuda urmakaren på. Det hade ju, utan överdrift, inte saknats intressenter i hennes liv. Män, som varit tydligt inriktade på att vinna hennes gunst. Män, som med olika grad av ärliga motiv, hade gjort vad som stod i deras makt för att få en plats i hennes allra innersta. Hon hade haft ett antal, mer eller mindre, fasta förbindelser men hittills hade inget lett vidare till något mera långsiktigt, något mera hållbart, något mera äkta.

I raden dök även Valter Lagberg upp även om hon inte direkt kunde säga att de hade inlett något närmare förhållande. Dels var han ju redan gift och dels hade de ju inte träffats så speciellt många gånger än. Ändå fanns han där och gjorde på något sätt intrång i hennes privata liv. Även om hon stålsatte sig så var det svårt för henne att bara betrakta honom som en av sina kunder. Han trängde sig på. Han tog mera plats än vad han borde göra. Han hade en förmåga att haka sig fast som hon inte riktigt kunde bli klok på. Han både attraherade och irriterade henne.

Tankarna skingrades då hon hörde Lövgrens bil svänga in på gården.

Hon kastade en blick i spegeln och rättade till håret, kontrollerade att kläderna satt som de skulle, och ansträngde sig för att ha en så neutral uppsyn som möjligt när hon mötte den leende, bugande och bärande Uno Lövgren på trappan.

– Hej och välkommen, sa hon och slog upp dörren på vid gavel så att han skulle kunna komma in med sin börda. Den är väl ganska tung, den där...

Unos svar var bara ännu ett leende, men det syntes ändå tydligt att han såg fram emot att kunna bli kvitt sin tunga börda. Utan att orda mera om saken gick han raka vägen in i rummet och hängde tillbaka klockan på spiken som satt väl förankrad i den rejäla timmerväggen.

– Så där, sa han och försökte räta lite extra på ryggen. Nu ska den både ticka och slå.

Han slog igång pendeln och Monica lyssnade, nästan lite andäktigt, till klockans ljudliga tickande. Hon tittade på visarna, när Uno ställde in den korrekta tiden, och kunde konstatera att hon snart skulle få höra klockans klang för första gången.

Det kändes lite högtidligt.

Det kändes som en viktig milstolpe i hennes liv. Som en pusselbit i livets stora pussel hade hittat sin rätta plats.

– Förlåt, men jag känner mig nästan lite rörd, sa hon och torkade bort en liten tår som envisades med att tränga fram i ögonvrån. Det här känns så bra. Tack så väldigt mycket! Vad blir jag skyldig för detta?

Uno Lövgren mötte hennes blick. Han var allvarlig nu. Precis som om han förstod hennes känslor. Precis som om han delade dem med henne.

– Den pryder verkligen sin plats, sa han med låg röst. Det både syns och känns att den hör hemma här. Jag är verkligen glad, ja lite stolt, över att jag fick förmånen att försöka få igång den igen.

Han tystnade någon minut precis i tid för att de tillsammans skulle få lyssna till klangen i den gamla klockan när den förkunnade att klockan precis blivit tre, en lördagseftermiddag i början av juni månad i "Larssons" stuga i närheten av Dörja by.

Monica kände hur hjärtats slag på något sätt synkroniserades med klockans lite tunga, men vackra slag. Hon kände sig, på ett helt nytt sätt, ett med livet, med skeendet, med tiden...

Hon mötte på nytt Uno Lövgrens ljusa blick.

– Så vackert, sa hon.

Han nickade och log.

– Ja, som jag sa redan i telefon. Den här klockan ska du vara rädd om. Den har ett verkligt värde. Jag är väl inte den rätte att sätta ett pris på den, men om den hade varit till salu hade jag nog varit beredd att satsa en hel del.

– Den är inte till salu!

– Det förstår jag mer än väl. Ta inte mina ord som ett försök att få köpa den. Det skulle aldrig falla mig in att ens ställa frågan. Det skulle helt enkelt inte kännas rätt att göra det.

Monica betraktade honom och kunde konstatera att i den mannen fanns det inga dunkla baktankar, inga oärliga motiv.

– Du svarade aldrig på min fråga, sa hon. Ska jag betala med på en gång eller skickar du en räkning. Vi ses ju förresten ju ganska ofta så jag kan komma in i din affär och betala en dag till veckan. Det är ju inte speciellt lång väg att gå.

Hon log ett lite menande leende.

– Det blir inte tal om någon betalning, sa Uno. Det här vill jag inte ha något för. Som jag sa så känner jag mig hedrad av att ha fått den här chansen. Det skulle kännas fel att ta betalt. Speciellt av dig...

– Dumheter, sa Monica och försökte låta bestämd för att kunna dölja de känslor som vällde upp inom henne vid urmakarens sista ord. Klart att jag ska betala! Klockan är min och du har säkert lagt ner mer arbete på den än på någon klockreparation de senaste åren. Det är jag fullkomligt säker på. Sen har du både hämtat och återlämnat den. Jag vill betala vad reparationen är värd. Att du tar det som ett hedersuppdrag är bara roligt, men det har inget med betalningen att göra. Vi ska väl inte bli osams om en sådan bagatell i sammanhanget.

Uno försökte krångla sig ur situationen men det slutade ändå med att han lovade att räkna lite grann på vad det skulle ha kunnat kosta om det skulle ha betalats.

Monica var nöjd med detta.

När de en stund senare satt vid matbordet handlade samtalet inte om några klockor. Det visade sig att Uno Lövgrens intressen omfattade mycket mer än klockor. Han var en naturälskare som inte bara njöt av naturen. Han var väl insatt i hur det fungerade i naturens kretslopp och Monica hann få sig till livs både det ena och det andra som hon kände att hon kunde ha nytta av.

Tiden gick fort medan de samtalade med varandra och när klockans klang, med nio bestämda slag, återförde dem till nuet tittade Uno även på sin klocka, förmodligen en gammal vana hos honom som urmakare, och konstaterade att det var hög tid för honom att återvända hem.

– Tack så väldigt mycket för god mat och trevlig gemenskap, sa han och tog Monica i hand med en djup bugning. Det har verkligen varit en eftermiddag att minnas.

Monica besvarade den varma handtryckningen och kände en ilning av samhörighet med den något udda, men så charmerande urmakaren.

– Tacksamheten är min, sa hon. Du anar inte vad det betyder för mig att ha fått igång den gamla klockan, men även samvaron med dig har varit mycket givande för min del. Du har så mycket att dela med dig av.

Uno Lövgren log och så försvann han bort mot sin bil.

Monica stod kvar och såg efter honom med en varm känsla inombords.

– Här har du verkligen en trädgård som kan bli något, utbrast Maj-Britt Jonsson och lät nästan lyrisk när hon gick runt i Monicas trädgård för att se vad som fanns där.

– Säger du det!

– Absolut! Här finns en mängd av gamla planteringar som bara behöver få chansen att återta sin plats. Det blir en hel del jobb, men det är du väl inte rädd för...

Den äldre kvinnan liksom synade henne.

Monica skrattade.

– Jag har ju inte sysslat med trädgårdsarbete tidigare, sa hon, men arbetsskygg tror jag inte att jag är. Jag gillar att få använda kroppen till det som den väl egentligen är byggd för.

– Arbete menar jag, tillfogade hon och kände hur hon rodnade med tanke på hur hennes uttalande skulle kunna tolkas på mer än ett sätt. Det hade inte varit hennes mening att lägga in något tvetydigt i sin iver att övertyga sin nyblivna bekantskap att hon inte bara kunde syssla med pappersarbete.

Maj-Britt skrattade också.

– Ja, den är väl skapad för mer än det, sa hon och fortsatte att betrakta Monica ganska ingående. Den är väl skapad för mer än arbete. För min del tror jag att Gud hade en högre tanke med sin skapelse.

Monica hajade till. Så kom hon på att Maj-Britt och Bengt tillhörde dem som samlades i Dörja kapell. De tillhörde förstås den grupp av människor som gav tron på en gud en stor plats i sina liv.

– Ja, joo, sa hon och försökte sig på ett lite lagom leende. Så är det kanske...

Maj-Britt tycktes förstå hennes förvirring och sa inget mer i ämnet. Istället började hon på nytt prata om de olika växterna och buskarna och vad Monica skulle tänka på när hon tog sig an trädgården.

Monica hade med sig ett anteckningsblock och noterade ivrigt. Hon ritade små skisser som hon visade för den andra kvinnan för att vara säker på att allt blev rätt.

De hade det trevligt tillsammans medan inventeringen av trädgården gjordes. Maj-Britt visade sig vara en kvinna med humor. Hon hade små historier att krydda sin genomgång med. Historier om både sig själv och andra i sin närhet kopplade till olika trädgårdsväxter.

Men gång på gång kom Monica på henne med att betrakta henne med en ingående blick som om hon sökte efter något i sitt minne som kunde kopplas till Monica. Hon kom ihåg Maj-Britts ord från julkalaset hos pastorsparet. Orden om att det var något bekant över henne trots att de aldrig träffats.

– Nej, nu ska det väl smaka med en matbit, sa Monica när genomgången av trädgården ändå tycktes närma sig sin avslutning. Jag har väl inte så mycket att bjuda på, men något ska jag väl ändå kunna ordna. För du stannar väl en stund till, hoppas jag...

Maj-Britt log.

– Tack, gärna, sa hon. Det är så trevligt här. Jag känner mig nästan lite avundsjuk på dig. Så här många gamla, fina växter har jag inte i min trädgård. Det kan nog hända att jag kommer tillbaka för att få ett och annat tillskott när du hunnit få lite ordning här. Frampå höstkanten kan det vara en bra tid för att plantera om.

– Det får du mer än gärna. Men jag vill redan nu betala dig för din insats här idag. Det här skulle nog ha kostat en hel del om jag skulle ha anlitat en yrkesman.

– Dumheter, sa Maj-Britt med ett helt annat tonläge än tidigare. Det kommer aldrig på fråga att du ska betala något för det här. Det har bara varit roligt och jag är mer än nöjd när jag vet att du uppskattar min insats. Sånt här ska man väl kunna hjälpa varandra med, grannar emellan.

– Kanske har du rätt, sa Monica. Jag är bara van vid att allting kostar pengar. Jag får väl hoppas att jag kan återgälda din hjälpsamhet på något annat sätt.

Det blev en avkopplande och trevlig gemenskap mellan de båda kvinnorna även vid matbordet. Maj-Britt visade sig vara mer talför än vad första intrycket hade sagt. Kanske var det så att hon hade lättare för att komma till sin rätt i ett mindre sammanhang, tänkte Monica medan hon lyssnade till Maj-Britts enkla berättelse om hur hon vuxit upp i Dörja by och hur Bengt hade kommit in i hennes liv och hur de tillsammans tagit över hennes föräldragård.

Det var en skildring av hårt arbete och en stor portion förnöjsamhet som mötte Monica. Maj-Britt tycktes inte ha något som helst behov av att överdriva eller försköna. Hon bara återgav hur det varit genom åren och genom allt kunde man tydligt skönja ett stråk av tacksamhet och sann glädje över allt det som livet hitintills hade haft att erbjuda. Trots det undvek hon inte heller att berätta om svårigheterna med att driva ett mindre jordbruk i en tid som alltmer präglades av rationaliseringar och sammanslagningar av gårdar.

– Nu vet vi inte hur det kommer att bli framöver, sa Maj-Britt och såg lite fundersam ut. Ingen av våra flickor visar något större intresse för jordbruket. Det är andra tider nu än när vi växte upp.

– Men än har ni väl inga planer på att lägga av, sa Monica. Jag menar, ni har väl många år kvar att sköta lantbruket...

Maj-Britt log.

Hon blir så vacker när hon ler, tänkte Monica. Precis som om allt det goda som verkar finnas i hennes inre kommer fram genom leendet.

– Nja, vi får väl hålla på ett tag till, men tiderna förändras och de mindre gårdarna blir inte längre lönsamma nog. Vi har ju redan arrenderat till några åkrar från granngården, men det känns ändå som om det inte skulle räcka till. Sen är det ju det här med Lagberg. Han tycks ju vilja lägga hela byn under sig...

Vid de orden drog det som en mörk sky över Maj-Britts annars så soliga ansikte.

Märkligt, tänkte Monica. Det verkar inte finnas någon i den här byn som kan nämna Lagberg utan att bli negativt påverkad av det. Vad är det med den mannen? Vad är det med det namnet? Vad är det med den släkten? Varför känner jag ungefär likadant?

– Jo, jag har hört en del om det, sa Monica.

– Jaså, du har det. Ja, det förvånar mig inte. Man ska ju inte tala illa om sin nästa, men jag vet att de flesta häromkring har lite svårt för att tåla Valter Lagberg. Fast många tiger förstås stilla eftersom de är mer eller mindre beroende av honom.

Monica nickade bara.

– Men vi kan väl prata om något annat, något trevligare, fortsatte Maj-Britt. Det var bara dumt av mig att säga något. Försök glömma bort det. Det kunde vara roligare att höra lite om din bakgrund och din väg hit till Dörja. Lite mer än det du sa i julas, menar jag.

Monica nickade, men satt tyst en stund.

– Det är väl inte så mycket att berätta. Jag växte upp i en familj där inte något saknades, kan jag väl säga. Skolan gick bra och de fortsatta studierna också. Min pappa gick bort alltför tidigt, men min mamma fanns ju kvar genom hela uppväxten och fram till för bara ett drygt halvår sedan, som du ju redan vet förresten. Eftersom det inte fattades pengar fick jag fortsätta att utbilda mig inom det område som jag tyckte verkade allra mest intressant. Efter ett tag var jag klar och kunde utan problem få mitt första arbete. Jag hade inte särskilt svårt för att hävda mig i konkurrensen med andra och fick därför allt större förtroende från arbetsgivaren. Det ena ledde till det andra och sedan några år tillbaka har jag en egen firma som jag nu flyttat till Kornlanda. Att jag hamnade här strax utanför Dörja by var väl bara en av livets många tillfälligheter, antar jag. Någon annan anledning har jag svårt för att se i nuläget.

– Så du tror inte att det finns något större som leder oss människor då?

– Nja, det vet jag inte.

– Du tror inte att det finns en Gud som har intresse av varje människa?

– Nja, jag vet inte. Jag har ju mina funderingar, som de flesta väl har, men jag har inte kommit fram till någon riktig slutsats. Inte än i alla fall.

– Nänä, sa Maj-Britt och gav henne en forskande blick. Hur som helst så tror jag det och känner en trygghet i den tron. Jag kan nog lugnt säga att jag kan se hans omsorg och vägledning när jag tittar tillbaka på det som varit.

– Jag tror dig, sa Monica och kände någonstans långt därinne att hon faktiskt gjorde det också.

Maj-Britt mötte på nytt hennes blick och höll kvar den lite längre än nödvändigt.

– Tack, sa hon.

Det var tyst en stund. Bara vindens sus hördes innan tystnaden bröts av en bil som passerade på vägen utanför.

– Dags för mig att tacka och cykla hemåt, sa Maj-Britt. Det har varit en givande förmiddag på flera sätt. Jag har inget emot att träffa dig igen. Du kan väl komma över och hälsa på nån gång. Det är något speciellt med dig. Du påminner mig om någon annan, men det retar mig att jag inte kan komma på vem. Minnet är ju inte riktigt lika glasklart som för några år sedan.

Monica hade full möda att dölja den sinnesrörelse som Maj-Britts ord orsakade.

– Tack, jag kommer gärna, sa hon och gjorde allt för att hålla rösten stadig. Tack än en gång för all hjälp här idag.

Maj-Britt log och vinkade medan hon tog sin cykel och trampade iväg.

Monica stod ganska handlingsförlamad och såg efter henne medan hon försvann ur hennes synfält.

Dagarna i Dörja är inte som vilka dagar som helst, tänkte hon och lät blicken glida över trädgården, stugan och bort mot den hemlighetsfulla skogen.

Nittonde kapitlet

Det var fullt av folk i Valter och Britt Lagbergs trädgård den här vackra försommardagen. Monica måste riktigt tvinga sig själv att ta stegen fram mot de båda värdparen annars hade hon nog vänt på klacken och avvikit.

– Välkommen! Så trevligt att du kunde komma, sa Britt Lagberg och räckte fram handen. Jag heter Britt, som du säkert redan vet, och jag är gift med den här mannen.

Det fanns en ton av ironi i rösten medan munnen log och ögonen tycktes livlösa.

– Tack, svarade Monica. Ja, att jag heter Monica Björkengren är förstås också bekant. Trevligt att bli bjuden. Det ger mig ju en bra möjlighet att lära känna några fler från min nya hembygd.

Hon kände själv hur stelt och konstlat det lät, men kunde inte prestera något bättre. Sällan hade hon känt sig så osäker, så vilsekommen i ett sammanhang som det här.

– Ja, välkommen Monica, bröt Valter Lagberg in och skakade hennes hand. Det var verkligen roligt att du ville acceptera vår inbjudan hit idag.

Hans blick sökte hennes, men Monica lösgjorde sig från hans handslag och vände sig mot Berta för att hälsa.

– Jätteroligt, sa Berta. Det tycker både jag och Allan.

Allan Ohlsson nickade och tog Monicas hand i ett stadigt grepp. Det fanns något tryggt, något förtroendeingivande hos den mannen, i jämförelse med hans svåger.

– Välkommen, sa han.

Det blev en lång presentationsrunda för Monica. De allra flesta kände ju varandra väl sedan tidigare, men hon var den främmande fågeln som alla hade ett stort intresse av att lära känna lite närmare. Vart hon än vände sig var det nya ansikten, okända människor. Det blev som en välbehövlig vilopaus när hon stötte ihop med pastorsparet Fridh.

– Äntligen någon som jag känner, undslapp det henne.

Eva Fridh skrattade sitt ljusa, smittande skratt.

– Jag förstår hur du känner dig, sa hon. Ja, vi har ju själva varit i samma situation, men då var vi ändå två. Sätt dig en stund här hos oss och ta det lugnt. Du behöver inte bekanta dig med varenda en första gången du är med.

Monica log tacksamt och sjönk ner i en av träd-gårdsstolarna.

När hon samlat sig en aning vände hon blicken mot den närmaste stolen och mötte en äldre kvinnas stålgrå blick. En blick som betraktade henne på ett sätt som gjorde henne osäker på nytt igen.

Hon mötte ändå den forskande blicken och räckte fram handen.

– Monica Björkengren, hon.

Den vithåriga damen grep hennes hand i ett överraskande fast handslag.

– Lovisa Lagberg. Ja, jag är mor till Berta och Valter, som ni säkert förstår. Jag har hört en del om er redan, så lite bekant är ni för mig även om det är första gången som vi träffas.

– Såå.

– Jaja, inget ofördelaktigt. Det är väl mest Berta som berättat en del. Det var ju trevligt att få träffas på det här sättet. Får jag säga du, kanske...

– Gärna! Jag gör helst detsamma om det inte möter några hinder.

Lovisa skrattade till, ett lite torrt skratt.

– Självklart inte. Allt blir så mycket enklare. Hur trivs du här i bygden? Du har ju bott här ett litet tag nu.

– Jo, det har jag ju, men jag vet inte om jag kan säga så mycket om mina intryck än så länge. Det är förstås en stor omställning från storstadsliv till avskildheten i Larssons, som mitt ställe visst kallas. Men spontant kan jag nog säga att jag trivs.

– Det låter bra. Ja, Larssons är ett fint ställe. Det var väl ett fynd att komma över det! Jag trodde nog inte att det skulle bli bebott igen. Åtminstone inte av någon som kom så långt bortifrån.

– Jaså inte det, sa Monica med spelad förvåning. Då får jag väl hoppas att jag inte ställt till det för er eller någon annan genom att köpa och flytta in...

Lovisas ögon blev, om möjligt, ännu mera stål-blanka.

– Det var absolut inte det jag menade, sa hon med skarp röst och därmed insåg Monica att samtalet var slut för den här gången.

Lovisa Lagbergs blick vilade ännu några sekunder på hennes ansikte. En mycket intensiv, granskande blick. Så vände sig den äldre kvinnan åt annat håll för att hälsa på ett par som tycktes stå och vänta på att få en pratstund med henne.

Monica bet sig i läppen. Det var kanske inte riktigt så här hon hade tänkt sig den första kontakten med Lovisa Lagberg. Hon hade ju planerat för ett längre, ingående samtal där hon kunde få viktig information.

Hon kunde inte låta bli att förundras över hur lätt det tycktes vara att hamna lite snett i förhållande till

Lagbergs. Eller var det kanske bara hon som upp-
levde det så. Kanske var hon överkänslig. Kanske
hade hennes första möte med Valter Lagberg gett
henne en negativ vinkling när det gällde den släk-
ten.

Det var snart dags att söka sig till den framdu-
kade maten och Monica såg ingen anledning att
hålla sig avvaktande. Hon hoppades bara att hon
skulle kunna hitta en plats bland människor som
inte krävde att hon var på topp hela tiden. Det var
redan så många intryck att det skulle kännas skönt
att bara få vara en lyssnande deltagare vid något
av borden.

Hon hade nog tur, för det fanns en ledig plats vid
samma bord som pastorsparet. Där kunde hon
slappna av och njuta av den rikligt tilltagna förpläg-
naden. Det enda som krävdes av henne var att hon
presenterade sig för övriga runt bordet och det var
snart gjort. Lite hjälp fick hon också av Eva Fridh
som verkade förstå hennes behov av att inte be-
höva inta en central roll.

De övriga vid bordet var en blandning av släk-
tingar till Lagbergs, ett par grannar och några som
rest lite längre för att vara med på Lagbergs som-
markalas. Samtalet runt bordet flöt på och hand-
lade mest om vädret och dagsaktuella händelser i
närområdet och i omvärlden.

Monica hade tid att lyssna med ett halvt öra och
därtill låta de egna tankarna göra sina loopar. Hon
försvann så långt in i sina egna funderingar att hon
riktigt ryckte till när hon hörde sitt namn nämnas.

– Björkengren? Var det så?

Mannen som uttalade frågan såg på henne tvärs
över bordet med en något forskande blick i de ljusa
och vänliga ögonen.

Monica samlade sig snabbt och svarade:

– Ja, det stämmer.

– Jag känner igen det namnet, sa mannen. Mitt namn är Nilsson, David Nilsson, och jag har för mig att jag stött på namnet Björkengren i Göteborgstrakten. Har du kanske någon anknytning åt det hållet?

Monica mötte hans blick och försökte komma på om hon borde veta vem David Nilsson var. Det fanns förstås fler som hette Björkengren, men kanske kunde denne David Nilsson vara en av pappa Henrys affärsbekanta. Även om han inte var direkt lastgammal måste han ändå vara några år äldre än vad hon själv var.

– Joo, det har jag allt. Jag har vuxit upp i Göteborg och bott där nästan hela mitt liv. Det är faktiskt bara några månader sedan jag blev bofast i den här bygden.

– Där ser man, där ser man, sa Nilsson. Då hette din pappa kanske Henry?

Monica nickade.

– Då hade min pappa och din pappa affärer tillsammans, fortsatte Nilsson. Fast det är ju en hel del år sedan förstås. Han gick ju bort alldeles för tidigt, din pappa. Hur är det med din mamma?

Monica kunde inte hjälpa att tårarna trängde fram då hon på nytt mötte David Nilssons blick.

– Mamma är också död, sa hon tonlöst. Hon dog i höstas.

– Vad tråkigt att höra! Jag får verkligen beklaga! Ja, vi vill ju göra det båda två förstås, min fru Sylvia och jag, sa Nilsson och lade samtidigt armen omkring kvinnan vid sin sida. Du kanske inte kommer ihåg mig, men jag var faktiskt på besök hemma hos er strax efter att Henry gift sig med din mamma. Du var inte gammal då...

Monica kände hur det nästan svartnade för hennes ögon vid Nilssons ord. Hon riktigt upplevde hur allas ögon riktades mot henne, undrande, nyfikna, deltagande. Hade hon trots allt hamnat vid fel bord i alla fall?

Eva Fridh blev på nytt hennes räddning.

– Dags att fylla på tallrikarna kanske, sa hon med så tydlig röst att alla förstod vinken. Monica gav henne bara en tacksam blick och försökte försynt torka tårarna.

David Nilsson slöt upp vid hennes sida.

– Förlåt mig om jag uttryckte mig klumpigt, sa han. Det var inte min mening att såra dig på något sätt. Men visst var det så att Henry var din styvpappa, eller vad man nu kallar det?

Monica nickade.

– Det går bra, sa hon bara. Jag är kanske bara lite överkänslig just nu.

Resten av samvaron i Lagbergs trädgård avlöpte utan några fler besvärligheter för Monica. Hon gjorde själv allt hon kunde för att göra sig av med de lite påfrestande episoderna och hann bekanta sig med några fler av dem som tycktes trivas i den lagbergska sfären.

Just när hon hade framfört sitt tack till de båda värdparen stod Lovisa Lagberg framför henne igen och räckte fram handen för att säga adjö.

– Du får gärna komma och hälsa på hemma hos mig någon dag, sa den äldre fru Lagberg med ett leende som ändå inte tycktes orka ända upp till ögonen. Där fanns fortfarande samma stålgrå, granskande blick. Det känns som om vi kanske har en hel del gemensamt trots allt. När jag har betrak-

154

tat dig här idag har jag blivit allt säkrare på den saken. Både ditt utseende och ditt sätt väcker minnen. Som sagt, ta dig en tur någon dag framöver. Jag skulle uppskatta det.

Monica tog den framräckta handen med ett hjärta som bultade som om det var på väg att hoppa ur bröstet på henne.

– Tack, sa hon bara. Tack, det ska jag nog försöka.

Tjugonde kapitlet

Det var med en viss ängslan som Monica förberedde sig på att göra ett besök hemma hos Lovisa Lagberg. Den gamla damens senaste ord till henne hade stannat kvar och malt runt i hennes tankevärld. Hon hade haft svårt för att somna kvällen efter festen i Lagbergs trädgård.

Sedan hade ju vardagen kommit och de olika arbetsuppgifterna hade hjälpt till att skingra tankarna omkring vad Lovisa hade menat med de där orden.

"Både ditt utseende och ditt sätt väcker minnen". Var det verkligen med de orden hon hade uttryckt sig samtidigt som hon betraktat henne på ett mycket ingående, granskande sätt? Monica hade upplevt det avslöjande på något sätt fast hon inte hade något att dölja.

Valter Lagberg hade varit inne på kontoret en dag för att höra sig för hur det gick med uppdraget som han gett henne. Hon hade kunnat redovisa visa framsteg och därmed hade han fått låta sig nöja. Att han inte bara kom dit i affärsärenden framgick ganska tydligt, men Monica tyckte nog att hon hade kunnat hantera situationen på ett professionellt sätt. Han hade dock inte kunnat låta bli att föreslå nästa träff lite närmare Dörja.

– Jag kan kanske titta in hemma hos dig nån dag istället, så slipper jag ju resan hit in till stan, hade det undsluppit honom.

– Hoppas du inte misstycker, men för mig är det viktigt att hålla isär arbete och fritid, hade hon svarat. Det är mycket därför som jag skaffat den här lokalen, som du kanske förstår. Det enda som jag kan sträcka mig till är att göra besök hos mina kunder i deras verksamheter. Ibland är det också det smidigaste sättet att arbete.

Valter Lagbergs blick avslöjade hur missräknad han blev, men hans mun sa att han hade full förståelse för hennes ståndpunkt.

– Det är väl ändå inte lönt att föreslå nästa möte hemma i min ladugård, hade han sagt med ett sarkastiskt tonfall och lämnat henne med snabba steg.

Om hon kunde bli klok på den mannen, tänkte hon. Och varför gav jag honom ett finger genom att anta hans uppdrag?

Nu hade veckan gått och i morgon var lördag. En dag som Monica bestämt sig för att avlägga ett besök hos Lovisa Lagberg. Hon tänkte inte avisera sin ankomst. Var den äldre damen hemma och pigg på ett besök fick det bli så. Annars var det bara skönt att ta en cykeltur i det vackra sommarvädret. Det hade blivit för mycket stillasittande under veckan så hon kände ett starkt behov att komma ut och röra på sig.

Fredagskvällen blev en kväll med Lilians bok. Fast den inte var så tjock tog det ändå sin tid att ta sig igenom den. Den var på något sätt inte lättläst. Det var som om det hela tiden fanns ett motstånd som hon måste kämpa med medan hon läste. Känslan av att sitta med sin mors "livstestamente" gjorde att hon gång på gång måste avbryta för att återvända till nuet, till vardagen, till det vanliga.

Hon var nu framme vid den tiden då det inte borde dröja så länge förrän hennes egen ankomst skulle göra sig påmind i moderns noteringar. Allt var inte ens daterat längre, men ibland fanns det ett datum som hjälpte henne att förstå var i tiden hon befann sig.

Nu berättade modern om att hon skulle lämna barndomshemmet för att tjäna egna pengar. Hon hade fått erbjudande om arbete hos en familj som tydligen behövde hjälp både ute och inne på bondgården.

"Det är ju inte så långt hemifrån", skrev Lilian, "men jag kommer ändå att få ett eget rum där så jag inte behöver ta mig hem varje kväll".

Lite senare dök nästa notering om arbetet hos familjen upp igen. Däremellan fanns lite skriverier om förberedelser inför arbetslivet. Där fanns också en notering om mötet med en pojke, eller kanske en man, som tydligen kommit att fastna på ett särskilt sätt i Lilians sinne.

Några rader var skrivna, men sedan överstrukna, men Monica kunde ändå tyda texten ganska väl. Där framgick att hennes kontakt med pojken, eller var det kanske den vuxne mannen, inte setts med blida ögon av hennes föräldrar. "Vi måste hålla våra möten hemliga", noterade Lilian med små bokstäver.

Av de noteringar som fanns om arbetet på gården tyckte Monica sig ana en viss oro hos den unga Lilian. Det kändes som om hon hyste en blandning av respekt och rädsla för paret som hon arbetade hos. "Jag borde nog försöka hitta ett annat arbete", anförtrodde hon boken. "Det känns inte riktigt bra här".

Monica vände sakta blad efter blad. Hon var som uppslukad av moderns berättelse. Det var som att vandra tillsammans med den unga Lilian. Se hennes osäkerhet och känna hennes oro.

Hon hörde inte hur klockan slog sina klingande slag, gång efter gång men till sist kände hon hur tröttheten överväldigade henne. Hon ville inte bara bläddra snabbt framåt för att kanske hitta de där förlösande orden. De kanske inte ens fanns där?

Hon var lite kluven i sin inställning till boken. Samtidigt som hon ville komma till slutet på något sätt kändes det inte helt fel att dra ut på det hela. Kanske lika bra att sova några timmar och fortsätta tidigt på morgonen.

Hon ordnade lite te innan hon gjorde sig klar för nattens vila. Trots att tankarna ville dröja sig kvar vid det som hon läst föll hon till slut i sömn och när hon vaknade kände hon sig påtagligt utvilad.

I den tidiga morgonens friska skönhet tedde sig allt på ett mycket ljusare och positivare sätt. Det kändes som om det här var rätt tillfälle att nå fram till det allra viktigaste i Lilians livsnoteringar.

Monica kände en kombination av ett stort lugn och en pockande förväntan när hon på nytt öppnade den lilla boken med det stora innehållet.

Det blev tätare med noteringar om de hemliga mötena. "T" var en bokstav som återkom och Monica förstod snart att det handlade om mannens namn. Hemligt för alla andra än för Lilian.

Tätare blev också anteckningarna om en tilltagande rädsla för någon annan. "Han dyker upp överallt. Han är så påträngande. Jag vet inte vad jag ska göra. Det finns ingen jag kan berätta för", läste Monica och kände sig starkt påverkad av sin mammas utsatthet och rädsla.

Så var hon plötsligt där. Framme vi de mödosamt nedtecknade meningarna om den upptäckt som ställde allt på ända för den unga Lilian. "Det är ingen tvekan längre" skrev hon och texten var lite darrig. "Jag är med barn! Vad ska jag ta mig till?"

Inte ett ord om vem som skulle kunna vara orsaken till den verklighet som blev en katastrof för en ung kvinna på trettiotalet. En ung kvinna i ett sammanhang där sådant knappast skulle accepteras.

Det verkade som om Lilian haft svårt för att dokumentera det som hände den närmaste tiden efter att hon förstått sin situation.

Det som framkom var ändå en brutal brytning med "T". "Han ville veta allt, men jag vågade inte berätta", skrev Lilian. "Jag bad honom glömma mig. Jag sa att vi aldrig mer skulle träffas. Mina föräldrar tror nog att det är han, men det är det inte. De har förbjudit mig att träffa honom och jag tror att de förbjudit honom att ta kontakt med mig."

Efter det fanns inget som tydde på några möten med "T". Om det hade förekommit några sådana så fanns det ändå inget skrivet om det. Det som de knapphändiga raderna berättade handlade mest om en tilltagande oro för den närmaste framtiden.

Så kom en notering som fick Monica att riktigt haja till. Som kraftigt förstärkte hennes teori om att den geografiska platsen för hela händelseförloppet mycket väl kunde vara Dörja by, eller åtminstone trakterna runtomkring.

"Det var aldrig meningen att det skulle bli så här. Jag hade aldrig en tanke på att göra något sådant. Jag kunde bara inte tänka klart när han sa att jag skulle få pengar. Det bara hände och jag vet inte om det var mitt fel. Alla tycks ju tro att det var en olyckshändelse och det var det väl på ett sätt. Ingen kommer någonsin att få veta vad som hänt."

Vad var det som hände? Försökte hennes far köpa sig fri från ansvaret? Var det hennes dagars upphov som erbjöd den unga flickan, hennes mamma, en ekonomisk ersättning för det han utsatt henne för? Hurdan var han? Hur resonerade han? Vad ville han åstadkomma?

En olycka! Hade inte Tage Persson pratat om en olycka? Visst hade han sagt något om att Valters pappa hade råkat ut för en olycka?

Valters pappa!

Lovisas man!

Kunde det vara så?

Det gick runt i Monicas tankevärld.

Hade hon hamnat mitt i centrum för händelserna omkring hennes egen tillblivelse? Vad hade fört henne hit? Var det möjligt eller bara hennes egna fantasier? Hade hon lite för lätt för att lägga ihop, att pussla efter eget huvud?

Hon vände blad och upptäckte till sin förvåning att nästa sida var tom.

Det fanns inget mer i Lilians bok.

Monica satt som paralyserad och bara stirrade ner på det oskrivna bladet.

Långsamt återvände hon till nuet, till den värmande solen, den svaga vinden och dofterna från trädgård och skog.

Hon bläddrade ett par sidor framåt, men där fanns inget mer. Lilian, hennes egen mamma, hade satt punkt för sina noteringar för alltid.

Det var inte så många sidor kvar i boken, men varför hade inte modern använt sig av dem? Varför hade hon bestämt sig för att inte fortsätta sitt skrivande. Hade hon varit så förtvivlad att hon bara inte orkat mer?

Monica bläddrade till sista sidan medan tankarna malde. Och där fanns det till sist en notering. Noteringen avvek från allt det andra i boken. Det syntes tydligt att den var skriven långt senare.

"Lilla Monica, jag hade nog tänkt att någon gång ta mig i kragen och berätta allt för dig, men av olika anledningar har det ännu inte blivit. Nu, när du på något sätt är på väg bort från mig känns det som om det ändå kanske ska bli av. Nu, när det verkar som om en ödets nyck låtit dig hamna i gamla tiders centrum, känner jag att det är dags. Bara jag orkar. Gör jag inte det hoppas jag att denna bok har hamnat i dina händer innan det är försent!".

Monica läste de sista orden gång på gång och tårarna strömmade nedför hennes kinder.

Tjugoförsta kapitlet

Avståndet till det lilla samhället där Lovisa Lagberg bodde var inte särskilt långt. Monica bedömde att det kunde handla om dryga milen om hon ville cykla en bit på en större väg. Valde hon ett annat alternativ med mindre trafikerade grusvägar blev det kanske närmare femton kilometer. Men det var helt klart överkomligt vilket alternativ hon än valde.

Tar jag det lugnt tar det nog ändå inte mer än en dryg timme att cykla dit, tänkte hon medan hon kände efter att däcken inte behövde pumpas. För säkerhets skull tog hon med pumpen i cykelkorgen tillsammans med lite extra kläder och vatten att dricka.

Efter att ha läst de sista orden i Lilians bok kände hon att förutsättningarna hade förändrats. Nu, när hon var så gott som säker på att hon befann sig på den geografiska platsen för sin egen tillblivelse, visste hon inte riktigt hur hon skulle hantera ett möte med Lovisa Lagberg. Ändå kände hon att hon måste få det ordnat på något sätt. Med en förhoppning om att en god försyn än en gång skulle ha sitt finger med i spelet klev hon på cykeln och trampade iväg.

Hon valde den längre vägen och cyklade sakta genom byn. När hon passerade ån såg hon gården där Maj-Britt och Bengt bodde men kände inte att det var läge att stanna och hälsa den här gången. Hon tyckte att det gick riktigt lätt att cykla tills hon nådde den första uppförsbacken. Den visade sig vara både lång och ganska brant så det blev promenad istället för cykeltur en bra bit. Hon ville ju helst undvika att bli alltför varm och svettig.

Sakta men säkert tog hon sig i alla fall fram och det var inte bara uppförsbackar. Uppför och nedför jämnar ju förstås ut sig till sist, tänkte hon medan hon susade i hög fart nedför en av de behagliga backarna.

Hon tog en stunds paus i en av byarna som hon passerade. Om hon inte missminde sig så hade några av gästerna på Lagbergs fest sagt att de bodde i den här byn som hon, med hjälp av kartan, hade sett hette Baggeryd. Hon tittade sig omkring, men husen låg ganska utspridda och inte så nära vägen att hon skulle kunna känna igen någon även om personen var ute.

Allting var så annorlunda nu när hon, i stort sett, visste att det måste ha varit här som hennes mamma levt sitt ungdomsliv. Att det var i de här bygderna som hon drömt sina ljusa drömmar och upplevt sina allra mörkaste stunder. Det var svårt att riktigt ta in. En dag som den här var det ännu svårare att få moderns historiebeskrivning att riktigt landa i verkligheten. Det kändes som ett påhittat drama, som en av hennes mammas många romaner. Att modern haft en viss fallenhet för att skriva medryckande och verkligt hade inte undgått henne då hon tagit del av den lilla bokens stora innehåll.

En blick på klockan talade om för henne att hennes tidsplan höll sig ganska bra när hon skymtade de första husen i samhället där Lovisa bodde.

Hon stannade i utkanten av samhället och kände efter om hon var i ett sådant skick att hon kunde ringa på hos fru Lagberg. Efter ytterligare några klunkar vatten ansåg hon att det skulle fungera och började leta efter den aktuella adressen.

Det var inte svårt att hitta hyreshuset och lägenheten med Lovisa Lagbergs namn. Ändå var det med en viss tvekan som hon satte fingret på ringklockans knapp och hörde hur det plingade därinne någonstans.

Det dröjde ett tag, men så öppnades dörren lite på glänt och Lovisas ansikte blev synligt i dörrspringan. De grå ögonen var vaksamma, men så ljusnade de och dörren öppnades på vid gavel.

– Nej men, Monica Björkengren! Så du kom ändå!

Monica blev mållös för en stund, visste inte riktigt vad hon skulle säga, men innan hon hann formulera något fortsatte Lovisa:

– Men välkommen! Välkommen! Stig på för all del! Du kunde väl ha ringt först så att jag kunnat förbereda ditt besök här på något sätt.

Monica log.

– Nja, jag kände nog mest för att göra så här. Jag skulle ändå ta en rejäl cykeltur och då kunde det passa bra att se om du var hemma.

– Ojoj, har du cyklat ända hit, sa Lovisa och slog ihop händerna. Det var inte dåligt!

– Så långt var det ju ändå inte. Jag tog vägen över Baggeryd och det blev kanske lite längre än om jag tagit närmaste vägen förstås.

– Jaha, jaha. Ja, det var kanske inte den lättaste vägen, men ändå den vackraste skulle jag kunna tänka.

– Precis. Alldeles underbart fint!

Det var tyst en stund. Det var som om de båda kvinnorna kände in varandra, prövade sina egna känslor inför den fortsatta samvaron. Monica kände hur det stod och vägde hur fortsättningen skulle bli. Hon hade bestämt sig för att inte forcera fram något, att inte låta några förflugna ord få förstöra de möjligheter som hon anade fanns hos den äldre kvinnan.

– Lite kaffe vill du väl ändå ha, sa Lovisa till sist och visade vägen in mot vardagsrummet. Jag skulle nog ändå ha satt på lite för egen del snart.

Monica nickade och log.

– Tack, men gör dig inget besvär för min del.

– Trams! sa Lovisa. Det är klart att jag inte gör. Du får hålla till godo med det som finns i huset, så enkelt är det. Slå dig ned därinne så kommer jag snart med kaffet.

Det visade vara en hel del som "fanns i huset" hos Lovisa Lagberg när hon kom med kaffebrickan. Så många sorters kakor var inte något som Monica direkt längtade efter, men här förstod hon att det gällde att visa sin uppskattning.

Lovisa klappade henne lätt på handen när hon slog sig ned snett emot henne vid bordet. Hennes ögon liksom borrade sig in i henne när hon sa:

– Så bra att du tog dig tid att komma hit idag. Jag har väntat på dig, ska du veta.

– Väntat?

– Ja, jag visste ju direkt när vi sågs vid sommarfesten att vi måste träffas på tu man hand, förklarade Lovisa. Det fanns något speciellt hos dig.

Hon slog upp kaffet och bjöd från kakfatet.

Monica visste inte vad hon skulle säga. Trots att hon anade varför Lovisa väntat på hennes besök kunde hon ju inte vara alltför säker. Det behövde ju inte alls ha med hennes egen historia att göra.

Lovisa log mot henne och det där stålblänket försvann ur hennes ögon. Helt plötsligt var hon bara en helt vanlig gammal dam som gladde sig över att få ett besök i en annars ganska händelselös vardag.

– Ja, och vilken sommar vi har fått, sa Lovisa samtidigt som hon trugade Monica att ta ännu en kaka. Det känns nästan som somrarna när man var ung en gång i tiden. Har du samma känsla av att somrarna alltid var varma och soliga när man var barn? Eller är det kanske något som man bara inbillar sig? Är det kanske så att man bara kommer ihåg de ljusa minnena från barndomen? Var det likadant i Göteborg när du var riktigt liten? För visst är det Göteborg som du kommer ifrån...

Monica studsade till inför den sista frågan. Låg det något mer än bara vanlig nyfikenhet i den frågan? Visste verkligen Lovisa Lagberg något mer? Ville hon bara känna sig för lite för att se om hennes iakttagelser var riktiga?

– Nja, jag vet inte om jag tänkt så mycket på det du säger. Det kanske blir tydligare ju äldre man blir. Barndomsminnena, menar jag...

– Det kan du lugnt räkna med, småskrattade Lovisa. Jag har ju ett antal år på nacken och du är ju rena ungdomen. Jag skulle ju kunna vara din mamma, eller kanske till och med din mormor...

Den stålblanka blicken var tillbaka och borrade sig in i Monica. Hon kände ett starkt behov av att titta bort, men fortsatte ändå att möta Lovisas blick.

– Åh, så gammal är du väl ändå inte, sa hon och försökte sig på ett leende. Inte för att jag vet din ålder, men min mormor skulle nog ändå ha varit bra mycket äldre om hon hade levt nu.

– Kanske det, kanske det, sa Lovisa.

Hennes blick var både mild och genomträngande.

– Jag kände förresten en gång en kvinna som nog skulle ha kunnat vara din mormor. Om jag hade haft ett fotografi på henne skulle du ha fått se vilken likhet det finns mellan dig och henne. Nu har jag inte det, men härinne finns bilden klart och tydligt.

Monica drog djupt efter andan och höll på att sätta en kaksmula i fel strupe. Hon visste att hon bar tydliga drag efter sin mormor. Hon hade mer än en gång suttit och jämfört fotografier från sin mormors ungdom och sina egna skolfoton.

– Va!

Lovisa såg hennes reaktion och det lyste till i de grå ögonen.

– Jaja, ta det lugnt, sa hon. Det finns förmodligen ett antal personer runtom som vi har likheter med. Det sägs ju till och med att vi alla har våra dubbelgångare, personer som vi är nästan identiskt lika.

Monica log ett forcerat leende.

– Ja, jo, visst är det väl så, sa hon. Men den där kvinnan du nämnde, bodde hon här i bygderna?

Hon ångrade frågan i samma ögonblick som den lämnade hennes läppar, men gjort var gjort och kunde inte ångras. Varför skulle hon utsätta sig för det här? Vad var det egentligen som hon ville veta? Gjorde hon inte bara livet mera tilltrasslat genom att ge funderingarna omkring sina rötter så stort utrymme? Varför kunde hon inte bara acceptera livet som det var och njuta av allt det goda som det, trots allt, hade att erbjuda henne?

Hon såg in i Lovisas ögon och kände att det ändå bara fanns en väg framåt och att Lovisa Lagberg hade en viktig roll att spela i den framtidsbilden.

– Lite nyfiken trots allt? sa Lovisa med tonvikt på varje stavelse. Jo, det gjorde hon faktiskt. Ja, inte i Dörja eller byarna här. Hon och hennes man bodde strax utanför Sävby. Det är ju inte så långt härifrån. De hade en dotter också som jag blev närmare bekant med. Lilian hette hon.

Monica kände att hon bleknade, men hoppades att det inte syntes alltför tydligt. Hon hade ju hunnit få en viss färg i ansiktet av stunderna i det ljuvliga solskenet.

Lovisas blick vilade på henne och hon ansträngde sig till det yttersta för att inte ge utlopp för de känslor som hotade att spränga hennes inre.

– Lilian, sa hon sakta medan hon kände hur tårarna hotade att tränga fram i ögonen. Det hette faktiskt min mamma också.

Hon försökte behålla ögonkontakten med Lovisa, men kände hur all kraft liksom rann ur hennes kropp. De känslor som höll på att krevera i hennes inre hade hon inte längre någon kontroll över. Det här var bara för mycket. Det här visste hon inte hur hon skulle hantera.

Hon lutade sig fram över bordet och gömde ansiktet i sina händer medan tårarna bara strömmade ur hennes ögon och droppade ner på den fina vita bordduken.

Hon kände Lovisa Lagbergs fasta grepp på sin axel och hörde den gamla kvinnans lågmälda stämma:

– Seså, gråt du bara, barn lilla. Det kan kännas skönt att bara få gråta ut någon gång. Jag ska snart berätta lite mer för dig, men ge gråten den tid den behöver.

Till sist hade kände Monica att hon på nytt hade kontroll över sig själv och sina känslor. Hon torkade tårarna med utsidan av händerna och lyfte sakta blicken för att på nytt se in i Lovisa Lagbergs grå ögon. Nu fanns det inget stålblankt i dessa ögon. Nu utstrålade de en värme och medkänsla som nästan gjorde ont i Monicas inre. Men det var samtidigt en läkande kraft i den blicken.

De båda kvinnorna satt tysta en lång stund.

Det blev till slut Monica som bröt tystnaden.

– Berätta det du vet, sa hon. Berätta allt du vet om min mamma!

Lovisa Lagberg log. Ett bitterljuvt leende som tycktes ge uttryck för allt det som gångna tiders händelse hade fyllt hennes liv med.

Tjugoandra kapitlet

Monica trampade sakta hemåt. Besöket hos Lovisa Lagberg hade dragit ut på tiden och nu hade hon huvudet fullt av tankar omkring det som den gamla damen delgett för henne. Det hade blivit ett långt samtal där Monica mest stått för lyssnandet och Lovisa hade berättat.

Den information som hon fått den här sommarlördagen hade, på ett sätt, förändrat hela hennes världsbild. Sett ur en annan synvinkel hade det som Lilian skrivit som Lovisa bekräftat kanske inte ändrat på något väsentligt för hennes fortsatta liv. Det berodde helt och hållet på hur hon ville hantera det som hon fått veta.

Tankarna malde alltmedan hon mekaniskt trampade mot hemmet.

Det var som om hon varken såg, eller kunde njuta av, den blomstrande skönheten runt omkring sig. Hon var helt inne i sin tankevärld och försökte bringa ordning i det kaos som den här dagen fört in i hennes liv.

Hon kunde ju inte veta säkert om det var sant, den kunskap som Lovisa ansåg sig sitta inne med. Kanske var det bara en gammal människas försök att, på något sätt, göra upp med sin egen historia.

Att det som den gamla kvinnan berättat hade satt sina djupa spår i hennes eget liv, det hade Monica förstått alltefersom berättelsen växt fram. Hon hade både sett och hört den vånda och den grämelse som händelserna i det förgångna inneburit för Lovisa Lagberg. Det hade inte varit lätt för henne att dela sin historia med Monica.

Ändå var det nog enklast att tro att det var sanningen som hon hade fått sig serverad den här dagen. Den sanning som hon så ofta försökt locka fram från sin egen mamma, men aldrig lyckats få tillgång till.

Eller åtminstone en del av sanningen. Hur hon skulle få tag i hela sanningen hade hon inte en aning om. Kanske fanns det någon mer i byn som kunde bekräfta det som Lovisa berättat. Någon som visste både det och lite till.

Just nu orkade hon ändå inte ta tag i mera. Det hon redan fått veta hade påverkat henne rent fysiskt, gjort henne kraftlös, sugit musten ur henne.

Berättelsen om den unga Lilian hade absorberat hela hennes varelse.

Utan några större åthävor hade Lovisa lättat på historiens förlåt och låtit det som hon burit på under så många år komma fram. Monica hade uppfattat det som en lättnad för den gamla kvinnan att äntligen våga berätta.

– Jag har väl aldrig kunnat släppa tanken på vad det blev av Lilian, hade Lovisa sagt. Att hon blev med barn under sin tid hos oss var ju uppenbart. Att hon fick en flicka och bodde kvar här i bygden några år därefter vet jag ju också, men sedan försvann hon och ingen visste vart hon tog vägen. Hon lämnade inga spår efter sig. Det var som om hon bestämde sig för att kapa alla band till sin hembygd.

Lovisa hade suttit tyst en stund och kämpat med sina känslor innan hon hade kunnat fortsätta.

– Jag hade förstås några allvarliga samtal med Lilian när jag förstod hur det var ställt, hade Lovisa fortsatt. Jag hade en önskan om att kunna vara till stöd och hjälp för henne, men det var som en stängd dörr mellan oss. Jag hade ju för mig att det fanns en pojke nånstans som hon umgicks med, men det var aldrig något som hon visade öppet för någon av oss i familjen.

Så hade Lovisa fortsatt att berätta om hur hon försökt få Lilian att tala om vem som var far till det väntade barnet, men hur den unga flickan aldrig gett något svar på den frågan.

– Jag hade nog aldrig kommit längre i mina försök att få klarhet omkring faderskapet om det inte inträffat en olycka i min egen familj, hade Lovisa sagt och de grå ögonen hade utstrålat en blandning av sorg, besvikelse och ilska.

– Som du kanske redan hört, hade Lovisa fortsatt, så råkade min make ut för en olycka för många år sedan. Den inträffade strax efter det att Lilians tillstånd hade blivit känt för oss andra. Han ramlade nedför trappan från höskullen och slogs medvetslös. Det var Lilian som kom och berättade om olyckan för mig. Hon hade tydligen varit där på höskullen tillsammans med honom. Hon var mycket uppriven när hon kom rusande från ladugården och jag tänkte väl inte så mycket på det just då, men lite senare började funderingarna komma.

Så hade berättelsen fortsatt med de aningar som börjat spira hos Lovisa. Några ord från hennes egna barn hade också bidragit till att stärka hennes misstankar. Det ena hade lagts till det andra och till sist hade hon dragit slutsatsen att det troligtvis var hennes man som var far till Lilians barn.

Hon hade, när han börjat återhämta sig från sviterna av olyckan, försökt ställa honom till svars men aldrig lyckats få ett medgivande från hans sida. Följderna av olyckan var av sådan art att det inte var helt lätt att föra ett samtal med honom, men det hon hade kunnat läsa i hans blick tycktes ändå bekräfta vad hon trodde.

– Gud är mitt vittne, hade Lovisa sagt och de grå ögonen hade varit fyllda av tårar. Gud är mitt vittne att jag verkligen försökte bringa klarhet i frågan om vem som bar ansvaret för det ofödda barnet i Lilians liv. Men jag kom aldrig längre än så här. Jag är fortfarande säker på att jag hade rätt, men jag har inga bevis för att det är så. I min oförmåga att reda ut vad som verkligen hänt beslutade jag mig för att aldrig för någon yppa vad jag själv kommit fram till.

Allteftersom hon fått del av händelserna i det förgångna hade Monica känt en allt större förståelse, ja kanske till och med sympati, för den kärva Lovisa Lagberg. Det hade funnits anledning för denna kvinna att bygga en befästning omkring sitt eget liv för att inte förlora fotfästet i tillvaron. Att Lovisas orubbliga tro på en personligt engagerad Gud spelat en viktig och bärande roll i allt detta hade också tydligt kommit fram. Även om Monica ännu inte kunde skriva under på denne guds verklighet hade hon ändå inte kunnat undgå att påverkas av Lovisas självklara tro.

Hon visste med sig att frågorna om en högre makts inblandning i det mänskliga livet inte skulle lämna henne. De skulle finnas där och hon skulle fortsätta att bearbeta dem även om hon aldrig skulle finna några definitiva svar.

Väl hemma letade Monica upp en flaska vin och slog upp ett glas innan hon sjönk ner i favoritfåtöljen och blundade.

Det var som att sätta igång en film.

Här, i fåtöljen, spelades Lilians berättelse upp på nytt med både bild och ljud. I sin fantasi kunde Monica både se och höra personerna som hade huvudrollerna i det drama som hennes egen rotlöshets längtan till sist landade i. Fast flera av rollfigurerna saknade fortfarande ansiktsdrag. Det var egentligen bara två personer som var helt klara och tydliga i dramat.

Det var den unga och vackra Lilian.

En ung människa som mötte livet med ett öppet sinne och trodde allt och alla om gott. Som, kanske motvilligt, lämnade det trygga barndomshemmet för att bli barnflicka i en välbärgad och betydelsefull bondefamilj.

Den unga kvinna som kanske inte förstod att någon människa kunde ha dunkla motiv för sin uppmärksamhet. Som säkert trodde att det en människa sa var sant och gick att lita på.

Den unga kvinna som hamnade i en situation som hon säkert inte räknat med, men som bestämde sig för att själv ta konsekvenserna av det som skett.

Den unga kvinna som, när hon insett att livet hade minst två sidor, fattade ett oryggligt beslut att för alltid förtränga en del av sitt liv, sin historia.

Den kvinnan som hela livet igenom, i tron att hon gjorde det enda rätta, lyckats hålla muren mot det förgångna intakt.

Det var den stabila Lovisa.

Den lite mera mogna kvinnan som trodde att hon hade allt under kontroll. Som levde i en föreställning om att ingen kunde lura henne eller ta ifrån henne det som var hennes. Som i en bergfast tro på en verklig Gud ville se till allas bästa.

Den respekterade kvinna som var beredd att trampa på sina egna känslor, sin egen lycka, för att bringa klarhet i en fråga som egentligen inte var hennes ansvar. Som var beredd att göra allt som stod i hennes makt för att komma fram till det enda sanna svaret.

Den kvinnan som skickligt dolde vad som rörde sig innerst inne. Som aldrig lät någon ana att det fanns dagar av vånda och nätter av sömnlöshet i hennes liv.

Den kvinnan som, i tro på att hon gjorde det enda rätta, sopade allt under mattan. Som lade locket på och beslutade sig för att aldrig öppna det igen.

Tänk om det ändå var så här det var. Tänk om hon äntligen fått del av den nakna sanningen. Tänk om Lovisa Lagbergs mödosamt återgivna minnen var det svar som hon så intensivt längtat efter, funderade Monica medan tröttheten sakta överväldigade henne och hon somnade i fåtöljen.

På bordet stod ett halvt urdrucket vinglas.

Tjugotredje kapitlet

När Monica vaknade visste hon knappast var hon befann sig. Det var som att vakna upp till något nytt och främmande. Det tog en stund innan hennes medvetande tagit in hela situationen och hon insåg att hon satt i sin fåtölj med ett halvt urdrucket vinglas framför sig på bordet.

Sakta, sakta återkom den gångna dagens upplevelser i hennes minne. Sakta, mycket sakta insåg hon att det hon vaknade upp från inte bara var en dröm.

Hon reste sig med visst besvär från den obekväma sovställningen, tände en lampa, och tog sig ut i köket för att släcka törsten med rent, kallt och klart vatten.

Hon tömde det första glaset i ett enda svep och kände stor tacksamhet för den gamla brunnens friska flöde.

Hon försökte slappna av några minuter i sin säng, men hade svårt för att riktigt släppa det som nu kommit in i hennes liv. Det som tycktes vara svaret på de frågor som hon kämpat med och sökt svaret på under större delen av sitt liv. Alltsedan den dagen då hon riktigt förstått att Henry Björkengren inte var hennes pappa.

Till sist föll hon ändå i en drömlös sömn.

Hon väcktes av telefonen som ringde.

Yrvaken tog hon sig ur sängen, slängde en blick på klockan och märkte att hon faktiskt sovit en bra stund.

– Monica Björkengren!

Hon kände sig stel och spänd och vilsen när hon svarade.

– Hej, Monica! Väckte jag dig?

Hon kände igen Tage Perssons röst och kände hur hon slappnade av i hela kroppen.

– Hej, Tage, sa hon. Ja, jag får nog erkänna att du väckte mig den här gången. Det har varit lite si och så med nattsömnen så jag slumrade till lite extra så här på morgonen.

– Säger du det. Hur kan det komma sig att en ung och frisk kvinna inte kan sova på natten? Du har väl inte överansträngt dig på något sätt?

– Nej, det har jag nog inte. Det är lite andra saker som gjorde att jag inte kom i säng som vanligt. Inget som du behöver oroa dig över i alla fall. Hade du något särskilt ärende kanske? Du ringde väl inte bara för att kontrollera om jag hade vaknat...

Tage harklade sig innan han tog till orda igen.

– Nja, jag vet inte riktigt, sa han dröjande. Jag fick bara för mig att jag skulle slå en signal och höra hur du har det. En sådan där ingivelse, som en del, mer andligt sinnade människor, kanske skulle säga. Så funderade jag faktiskt lite på om du skulle vilja skjutsa mig till kapellet nu på förmiddagen. Jag skulle väl kunna ta mig dit för egen maskin, men har fått lite besvär med ena knäet.

– Så tråkigt. Att du fått ont i benet, menar jag. Men visst kan jag hämta dig och köra dig till kapellet. Inga problem. Hur dags börjar det?

– Elva.

– Bra, då kommer jag strax efter halv.

– Så snällt av dig.

Tage. Varför ringde han just idag? Och varför ringde han till henne när det gällde en skjuts till kapellet? Varför ringde han inte till någon som kanske ändå skulle dit? Att Monica skulle gå på gudstjänst en vanlig sommarsöndag borde väl även han se som ganska otroligt...

Monica funderade lite, men kände samtidigt en tillfredsställelse i att han valt att vända sig till henne. Eller var ärendet bara ett svepskäl för att ringa henne just idag? Hade han känt på sig att hon behövde en vanlig, mänsklig kontakt just den här dagen? Att hon behövde något som balanserade upp det som höll på att vända upp och ned på hela hennes värld.

Monica upplevde ändå samtalet som något positivt. Något som hjälpte henne att inte helt begrava sig i det gamla. Något som lät henne förstå att livet också måste levas här och nu trots gårdagens omtumlande upplevelser.

Kanske skulle hon själv stanna på gudstjänsten i kapellet tillsammans med Tage. Hon hade ju ändå fått en ganska positiv bild av pastor Fridh. Även om gudstjänstbesök egentligen inte fanns med i hennes normala livsföring skulle det väl ändå inte skada.

Hon letade upp en lätt sommarklänning och fixade till frisyr och annat så att hon skulle se presentabel ut. Att hon sovit alldeles för lite kändes förstås, men nog skulle hon klara att hålla sig vaken någon timma i kapellet. Så sövande skulle det väl ändå inte vara, även om hennes bild av en gudstjänst kanske inte var direkt upphetsande.

Tage stod färdigklädd på trappan när Monica svängde in på gården och klev ur bilen för att hälsa.

– Hyggligt av dig, sa Tage. Så här efteråt skäms jag nästan lite över min framfusighet. Men det var som om jag inte fick någon ro i kroppen om jag inte ringde till just dig.

– Ärligt talat blev jag mycket glad över att du ringde, sa Monica. Utan att gå in på några detaljer kan jag säga att det var precis vad jag behövde.

Tage gav henne en granskande blick.

– Såå, sa han bara innan han med lite möda, och med hjälp av Monica, tog sig in i passagerarsätet.

Monica kämpade mot en brinnande längtan att få dela sina upptäckter med någon. Skulle Tage kunna vara den person som hon skulle kunna anförtro sig åt?

Hon sneglade gång på gång på den äldre mannen medan hon körde den korta vägsträckan till byns kapell. Försökte få en känsla för om hon tänkte rätt.

Det var ganska glest med besökare i kapellet den här söndagsförmiddagen. Sommarvädret bidrog kanske en del till att folk sökte sig till andra platser och upplevelser än en gudstjänst i ett landsbygdskapell.

Monica kände dock igen flera av dem som var där. Berta och Allan var förstås där. Berta spelade på orgeln och ledde församlingssången med stark stämma.

Bengt och Maj-Britt fanns också med bland gudstjänstdeltagarna och Majbritt nickade och log mot Monica från sin plats i bänken.

Britt Lagberg satt ensam ganska långt bak i kapellet. Hon såg inte direkt glad ut. Rynkorna i pannan skvallrade om att hon satt i tankar som inte bara var behagliga eller enkla. Monica kunde inte hjälpa att hon undrade var Valter och Lovisa höll hus. Kanske hade gårdagen blivit för mycket för den äldre fru Lagberg? Kanske hade hon berättat för sonen om Monicas besök så att också han hade haft svårt för att koncentrera sig på en gudstjänst? Kanske visste även Britt Lagberg om gårdagens samtal mellan sin svärmor och Monica.

Hon slog undan tankarna lika fort som de kommit, men hade ändå lite svårt för att helt bli av med dem.

Eva Fridhs ljusa och leende ansikte fick henne i alla fall att återvända till nuet, till gudstjänsten, till att lyssna när Eva läste från Bibeln i gudstjänsten början.

Det unga paret, som Monica inte kom ihåg namnen på, var också där och det visade sig att den unge mannen, som kallades Roger av pastorn, hade en mycket välljudande sångröst då han bidrog med solosång. Monica frapperades av hans naturbegåvning inom sångens område och njöt av den fylliga rösten utan att riktigt lyssna till orden i sången han sjöng.

Ännu några fler fanns med i den lilla gruppen av människor som lämnat det strålande solskenet för någon timmes samvaro i byns kapell.

Tage och Monica satt ganska långt ner i kapellet, nästan som en liten markering av att de egentligen inte tillhörde gemenskapen. Monica hann tänka den tanken innan Peter Fridh steg fram och poängterade att alla var lika mycket värda inför honom som, enligt pastorns ord, var osynligt närvarande i dagens gudstjänst.

Den fortsatte predikan byggde på samma tema och Monica kunde konstatera att det var mycket lätt att följa med i pastorns tankegångar. Han talade enkelt. Han talade långsamt. Han talade med ett språk som, trots sin vardaglighet, trängde in och krävde någon form av ställningstagande.

Monica följde med i tankarna om hur en evig gud kunde särskilja varje enskild individ och behandla var och en på ett mycket personligt sätt. Oavsett bakgrund, förutsättningar, tillgångar, förmågor hade varje människa en speciell plats i en gudomlig tanke och plan, hävdade pastorn medan han lät blicken vandra mellan de olika gudstjänstbesökarna.

Monica kände det som om han riktade sig just till henne och undrade hur mycket pastor Fridh egentligen visste om henne. Hade han förberett den här predikan utan att veta vem som skulle vara med på gudstjänsten, eller utformade han predikan på ort och ställe när han såg vem som skulle lyssna?

Om det fanns en gudomlig plan, var fanns hon i så fall i den planen? Fanns hon med över huvud taget eller gällde det bara de människor som kallades sig kristna? De människor som förmodligen hade en tro...

Tjugofjärde kapitlet

Efter gudstjänsten tog sig deltagarna tid att hälsa på varandra och utbyta en del tankar. Det kändes som om man verkligen brydde sig om varandra, tänkte Monica medan hon tog i hand och hälsade på ett flertal av dem som hon var bekant med.

– Roligt att se dig igen, sa Berta Ohlsson. Hoppas allt är väl!

Monica nickade och log samtidigt som hon undrade om även Berta blivit informerad om hennes besök hos Lovisa dagen innan. Det fanns dock inget som tydde på att Berta skulle veta något om det som Lovisa berättat, men man kunde ju aldrig veta säkert.

Pastorsparet hälsade och uttryckte sin glädje över att hon var där tillsammans med Tage. Att hon tagit på sig uppgiften att skjutsa verkade tillföra ett plus i kanten för hennes egen del.

Monica hann även med att tacka den unge Roger för hans sång.

– Förlåt om jag säger det, sa hon, men har du inte funderat på att satsa på en sångkarriär? Jag njöt verkligen av ditt framträdande här idag.

Roger rodnade lätt inför denna uppskattning.

– Nja, jag vet inte, sa han. Jag sjunger mest för att jag tycker det är roligt. Så har ju något att sjunga om också.

Monica studsade till lite inför den tvärsäkerhet som plötsligt tog över hos den annars så tillbakadragne unge mannen. Än hade hon nog inte riktigt förstått vad den kristna tron kunde betyda för dessa människor som tycktes ta den på allra största allvar.

Hon visste inte om det var läge att säga något mer, men räddades av Eva Fridh som undrade om hon och Tage ville ha en kopp kaffe tillsammans med dem.

Monica tittade på Tage som skakade på huvudet.

– Tack, men inte idag, sa han. En annan gång kanske...

När de några minuter senare var framme vid Tages hus frågade han:

– En kopp kaffe hos mig kanske?

Monica mötte hans blick och anade att han ville prata med henne om något. Att det var därför som han tackat nej till inbjudan från Eva. Att det var därför som han över huvud taget ringt henne på morgonen. Gudstjänstbesöket hade kanske bara varit ett svepskäl.

Det tog inte lång stund för Tage att ordna fram kaffe och bullar.

– Något annat har jag inte att bjuda på, sa han lite ursäktande. Men du får gärna ta mer än en. Jag har själv bakat.

– Menar du det? De ser riktigt goda ut.

– Varför skulle de inte vara det, undrade Tage och plirade lite mot henne. Tor du inte att en gammal gubbe kan baka goda bullar?

Monica skämdes lite, men fann sig snabbt och försäkrade att hon inte alls tvivlade på den förmågan hos Tage.

– Det är väl bara som man säger, sa hon. Och om jag menade något med det så var det något positivt. Jag är inte så säker på att det är en färdighet som alla äldre män besitter.

Tage skrattade.

– Du behöver inte förklara dig så mycket, sa han. Ibland är jag bara lite onödigt stingslig. Njut nu av kaffet och bullarna.

De satt i trädgården, på samma plats som Monica suttit första gången hon träffade på Tage Persson. Den där dagen då hon tagit sin första cykeltur genom byn.

Tages blick vilade ofta på Monica. Hon kände att han iakttog henne på ett alldeles särskilt sätt. Det kändes lite påträngande, men ändå inte obehagligt.

– Monica Björkengren, sa Tage och fångade hennes blick. Ett vackert namn du har. Det passar så bra till ditt utseende, den friska skönhet som du verkligen är bärare av.

Monica kände att hon rodnade lite vid den äldre mannens ord. De lät så inträngande men också så betydelsefulla.

Tages blick var fast när han fortsatte:

– Jag har väntat på den här stunden, men samtidigt har jag skjutit den på framtiden. Om sanningen ska fram vet jag fortfarande inte riktigt om jag gör rätt, men samtidigt ser jag ingen annan väg framåt.

Monica mötte hans blick med ögonen fulla av frågor.

– Du pratar i gåtor, sa hon. Vad menar du?

Tage suckade lite och gned sitt värkande knä innan han tog ny sats. Det verkade som han var på väg att säga något som han hade väldigt svårt för att komma fram med. Monica tyckte sig se en helt annan sida av den äldre mannen, som hon hunnit fästa sig vid sedan hon första gången träffade honom. En allvarligare sida som han annars gömde bakom sina små skämt och leenden.

– Ja, jag förstår att du tycker jag verkar underlig idag, sa Tage. Det värsta är att jag själv tycker ungefär likadant. Jag blir inte riktigt klok på mig själv. Får ibland för mig att jag håller på att förlora förmågan att tänka klart. Det är väl åldern förstås...

Han satt tyst igen och fortsatte att massera knäet.

– Har du mycket ont?

– Nej, nej då. Det molar bara lite.

Det var tyst en stund igen. Bara vindens svaga sus och några insekters surrande störde stillheten i Tage Perssons trädgård.

Till sist bröt ändå Tage tystnaden. Han rätade upp sig i stolen, sopade bort några smulor från ena byxbenet, och fäste en mycket intensiv blick på Monica. En blick som liksom krävde hela hennes uppmärksamhet.

– Kommer du ihåg att jag sa att jag tyckte du verkade bekant första gången du var här?

Monica nickade och kände hur hjärtat började bulta på ett helt annat sätt. Det började nästan bli lite för mycket av det här nu. Människor som påstod sig se något bekant hos henne trots att hon aldrig tidigare i livet haft någon kontakt med dem.

Människor från just den här bygden.

– Det var kanske inte så konstigt, fortsatte Tage och tog fram något ur bröstfickan på sin skjorta. Ta en titt på det här fotografiet.

Han räckte henne ett litet svartvitt foto och Monica behövde bara kasta en blick på det för att utbrista:

–Mamma!

Trots att det var ett ganska illa medfaret foto, och trots att det föreställde en mycket ung flicka, så fanns det inga som helst tvivel hos henne. Bilden föreställde hennes mamma i mycket unga år. Det kunde bara inte vara någon annan. Ingen som var så på pricken lik Lilian Björkengren.

Hon stirrade på mannen tvärs över bordet.

– Men hur i all världen...

– .... kan det komma sig att jag har ett foto på din mamma, fyllde Tage i. Jo, det är just det som jag vill prata med dig om här idag. Det var egentligen därför jag ringde. Det är något som jag haft på tungan flera gånger när vi råkat på varandra. I alla fall ända sedan nyårsaftonen...

Det blev ett långt samtal vid Tages trädgårdsbord. Monica hann äta flera bullar och Tage blev tvungen att sätta på mer kaffe innan de var något så när färdiga med samtalet för den här gången.

När Monica till sist kände sig redo att åka hem hade hon fått ännu en stor pusselbit på plats i sitt eget livspussel.

Hon kände hur hennes livs rötter blev allt tydligare, hur hela hennes tillvaro fick en allt djupare förankring.

Det var, djupast sett, en tragisk historia som Tage Persson förmedlat till henne. En berättelse om hur grymt livet ibland kan bete sig. Ändå kunde den äldre mannen nu återberätta den på ett sådant sätt att det på något sätt blev ett positivt svar på de frågor som Monica brottats med under så många år.

Hon hade fått höra om en spirande kärlek mellan två unga människor. Ja, Tage hade ju varit en del år äldre än Lilian, men de två hade ändå funnit varandra och börjat planera för en gemensam framtid. Det var bara åldersskillnaden som hade ställt till med en del problem eftersom Lilians föräldrar tyckte att Tage var alldeles för gammal för deras dotter. De hade haft svårt för att acceptera kärleken mellan de båda och ställt krav på att de unga fick vänta tills Lilian hunnit bli lite äldre. Eftersom hon var så ung trodde nog föräldrarna att hon skulle hinna ångra sig om hon bara fick tänka lite mera på saken.

"T" hade Monica tänkt när Tage börjat sin berättelse. T som i Tage! Att jag inte ens misstänkte det!

– Jag bodde inte här då, hade Tage förklarat. Jag bodde fortfarande hemma hos mina föräldrar strax bortom Dörja om man tar vägen mot Baggeryd. Men jag köpte det här stället vid den tiden med en förhoppning om att Lilian och jag skulle kunna leva vårt liv tillsammans här. Lilian hade fått plats hos Lagbergs här i Dörja så jag tänkte väl att det skulle vara bra att inte finnas för långt borta. Jag hade precis flyttat hit när allt gick sönder.

Det hade varit svårt för Tage att fortsätta sin redogörelse för Monica. Hon hade tydligt sett hur smärtan från förgången tid ännu var en del av Tages innersta.

– När Lilian berättade att hon väntade barn trodde jag först att hon skojade. Vi hade ju aldrig varit tillsammans på det sättet. Det hade varit en självklarhet för mig att inte gå händelserna i förväg. När jag förstod att det var allvar blev jag först riktigt förbannad, ska du veta. Först på Lilian som svikit mig, som gått bakom ryggen på mig, som haft ett förhållande vid sidan om. När det sedan stod klart för mig att det inte alls var så blev jag, om möjligt, ännu argare. Jag var beredd att, i princip, slå ihjäl den knöl som förgripit sig på min Lilian, min allra käraste, min älskade.

Tage riktigt darrade av indignation när han nu återupplevde minnet av den dagen. Monica blev

nästan lite ängslig när hon såg hur många års upp-
dämt hat på nytt flödade fram.

Han lugnade sig efter någon minut.

– När Lilian såg min reaktion vägrade hon att
berätta för mig vem som var far till det väntade bar-
net. Jag hotade, jag tiggde och bad, jag vädjade på
alla tänkbara sätt, men hon stod emot allt. Efter vad
jag förstod berättade hon inte för någon, inte ens
sina föräldrar. Jag var beredd att ta på mig fader-
skapet, men Lilian kunde inte tänka sig att fortsätta
tillsammans med mig. Jag vet inte vad som hade
hänt, men från den dagen blev hon så förändrad. Vi
kunde inte träffas mer. Hon klippte av allt. Jag hade
väl redan då, och jag har väl sedan också haft mina
misstankar, men det är inget som jag har kunnat
bevisa. Kanske blir det för alltid en hemlighet vem
det var som krossade mitt livs ljusaste dröm. För
det kan väl inte vara så att du vet vem som är din
biologiske far?

Monica skakade på huvudet.

– Nehej, nej jag trodde väl knappast det heller.

Det var tyst ännu en stund.

– Hon fanns kvar här i grannskapet, fick en liten
flicka, och försvann sedan efter ett tag. Ingen här i
bygden fick veta vart hon tagit vägen. Tänk om jag
vetat att hon inte for längre bort än till Göteborg!

– Och du?

Monica hade inte kunnat låta bli att ställa frågan.

– Ja, jag gav mig ut på sjön. Men efter några år
var jag tillbaka. Kände nog att det inte fanns några
alternativ för mig. Ville väl kanske också finnas kvar
för att hålla ett öga på släkten Lagberg...

Tjugofemte kapitlet

Monica satt uppkrupen i sin favoritfåtölj med sin mammas bok i handen. Hennes blick var beslöjad av de tårar som ständigt trängde sig fram. Det hjälpte inte hur mycket hon än torkade sig i ögonvrårna med näsduken. Blicken grumlades ändå hela tiden och gjorde det svårt att läsa.

När hon nu på nytt läste de knapphändiga anteckningarna kunde hon se den bild som Tage förmedlat till henne.

Monica led med sin mamma medan hon läste. Hur kunde det bli på det här sättet?

Monica strök med fingret över de, mer eller mindre, desperata noteringarna och kände hur en enorm vrede höll på att helt ta över i hennes eget inre.

Hennes mammas envisa fasthållande vid att aldrig med ett ord vidröra det som varit hade alltså sin upprinnelse i slutorden i boken. Det var här som hon satte en tydlig punkt och bestämde sig för att aldrig blicka tillbaka förbi den milstolpen i sitt eget liv. Här lade hon locket på, begravde djupt det som varit, för att aldrig tillåta någon att tränga igenom den yta som hon skapade.

Det hade hon hållit fast vid år efter år trots Monicas påtryckningar. Hur svårt måste det inte ha varit för modern att inte kunna ge efter för dotterns frågor och längtan? Vilken kamp hon måste ha kämpat för att hålla fast vid det beslut som kommit att prägla hela hennes liv.

Men varför? Varför?

Monica satt länge kvar och stirrade på den sista sidan i boken. Den tillagda noteringen av mycket senare datum. När hade den hamnat där? Det måste ha skett någon gång mellan det tillfälle då Monica berättat om sitt köp i Dörja och moderns insjuknande som ledde till hennes död.

"När du kommer tillbaka måste vi prata! Var rädd om dig där i Dörja!"

Dörren hade öppnats på glänt, men Monica hade aldrig fått chansen att stiga på in i sin mammas minnesrum.

Nu satt hon här med Lilians bok, med Lovisas berättelse, med Tages minnesbilder.

Monica kände sig både säker och osäker.

Vad var sanning? Vad var antaganden?

Varför skrev Lilian aldrig ett ord om vem som gjorde henne med barn? Hon hade ju ändå skrivit en del om att hon blivit gravid, att hon förstått att hon skulle få ett barn, att denna nya situation förändrat allt för henne.

Men inte ett ord om mannen. Mannen som tvingat sig på henne, som tillfredsställt sina egna lustar utan att bry sig om följderna.

Eller hade han faktiskt försökt bry sig? Fanns det något bland de kortfattade noteringarna som ändå antydde att det funnits ett försök från hans sida att ställa tillrätta på något sätt?

Den där sista noteringen. Vad handlade det om? Var det ett försök från hans sida att köpa sig fri från faderskapet?

Var det bekräftelsen på att det var Lovisas man som var hennes biologiska far, tänkte Monica och kände hur tanken svindlade.

Det var mycket som bara pekade i samma riktning. Utan att någonstans finna den definitiva bekräftelsen blev det ändå alltmer uppenbart att hon till sist fått svaret på den fråga som hon aldrig släppt taget om.

Skulle Berta och Valter i så fall vara hennes halvsyskon?

Hade någon av dem en aning om detta?

Fanns det, hos någon av dem, den minsta misstanke om vem som gjort deras barnflicka med barn? De hade ju ändå inte varit riktigt små när det hände i så fall. Visst hade Lovisa antytt något om några signaler från hennes barn. Något som stärkt hennes misstankar. Hade de mer att berätta?

Monica kände sig ganska knäsvag medan tankarna tumlade runt i hennes inre. Hon blundade och försökte på något sätt ta in sin slutsats som det mest troliga svaret på hennes livs största fråga.

Vad var det han hade hetat?

Hade hon någon gång hört hans namn, eller var det på det viset att Lovisa bara pratat om sin bortgångne man och att Tage bara hade sagt den gamle Lagberg.

Varför hade ingen av dem uttalat förnamnet på den man som de båda haft all anledning att känna motvilja, ja kanske till och med hat emot?

Varför hade hennes mamma konsekvent låtit bli att notera namnet på den man som ändå var hennes dotters upphov?

Varför, varför...

Monica kände att hon inte kom längre just nu. Hon hade fått veta ganska mycket på kort tid, men ändå var det inte helt klart att det var Berta och Valters pappa som också var hennes pappa. Det mesta tycktes peka i den riktningen och hon fick väl hålla det för troligt så här långt. Mannen var ju både död och begravd så någon definitiv bekräftelse från det hållet kunde hon inte räkna med. Det hade ju inte ens Lovisa Lagberg lyckats med trots sina ansträngningar.

På något sätt blev det ändå alltmer säkert för henne att den man som var upphovet till hennes existens knappast kunde vara någon annan än den gamle Lagberg. Ju mer hon tänkte i de banorna ju bättre förstod hon andra upplevelser.

Om Valter Lagberg var hennes halvbror var det kanske inte så konstigt att hon känt någon form av samhörighet med honom, trots att det fanns så mycket hos honom som hon retade sig på. Var det inte oftast på det sättet syskon emellan?

Att Berta skulle vara hennes halvsyster hade hon lite svårare att ta till sig, men ju mer hon tänkte på saken desto mer insåg hon att hos Berta var det Lovisas gener som dominerade. Så även om det inte bekräftade något så gav det ingen anledning att se det som ett bevis på motsatsen.

Även om hon kanske hade hoppats på att hennes pappa skulle ha varit någon som hon skulle ha kunnat känna samhörighet med, kanske till och ha fått chansen att träffa, så var det ju inget som hon kunde göra något åt.

Sakta, sakta kände hon hur hennes rotlöshet fick ge vika för en övertygelse om att det var här, i den här bygden, som hon djupast sett hade sina rötter. Hon började alltmer begripa varför hon känt en sådan dragning till "Larssons" stuga, varför det blivit så självklart för henne att till sist bosätta sig här.

Men hur förklara allt detta?

Fanns det, trots hennes djupa tvivel, ändå någon eller något som vakade över och brydde sig om varje enskild liten människa? Var det något mer än bara slumpen som fört henne hit?

Vad skulle mer kunna hända? Vad väntade bakom nästa vägkrök på den väg som hon hittills haft att vandra?

I sitt inre gjorde hon upp en lista över sådant som hon borde göra:

Prata med Valter!

Prata med Berta!

Besöka kyrkogården!

Hon kände sig frusen, drog upp benen under sig i fåtöljen och svepte en pläd om sig, trots att det var mitt i sommaren.

Uno, tänkte hon plötsligt. Jag skulle kanske berätta för Uno!

Då var det som om värmen sakta återvände in i hennes kropp igen...

Tjugosjätte kapitlet

Monica satt på trappstenen och njöt av den uppgående solens strålar. Allt runt omkring henne gav löfte om ännu en underbar sommardag. Det var blomdoft, fågelsång och ett stilla sus från den omgivande skogen.

Hon blundade och lät sig bara omges av allt det som naturen hade att erbjuda en dag som den här. Det var söndag och inget som krävde hennes upp-märksamhet eller engagemang. Visst kunde hon hitta ett antal olika saker att lägga händerna på, men det var inget som var absolut nödvändigt.

Hon lät tankarna komma och gå precis som de ville.

Det var mycket som hade hänt sedan hon läste den där annonsen om stugan i utkanten av Dörja by. Det var mycket som förändrat och påverkat hennes liv, hennes vardag, hennes sätt att se på tillvaron.

Hon visste med bestämdhet att ännu var hon inte framme vid någon form av mål. Det fanns fort-farande frågetecken som behövde rätas ut. Kanske var det också så att vissa frågetecken skulle förbli frågetecken för all framtid. Kanske fanns det frågor som inte hade något riktigt svar.

Men mycket hade ändå hänt och mycket skulle förmodligen också hända i den okända framtid som idag kändes hanterbar, ofarlig, ja till och med lock-ande.

Hon öppnade ögonen och såg ut över den del av trädgården som fanns inom synhåll från platsen där hon satt. Där fanns det mycket som skulle komma att förändras. Hon hade inte hunnit göra så mycket än, men allt behövde ju inte hända på en och samma sommar.

Hon hörde klockan slå inifrån huset och Unos öppna, lite vuxet barnsliga, ansikte skymtade inom henne. Hon hade ännu inte tagit mod till sig att inviga honom i allt det som kommit upp till ytan, men hon kände att om det var någon som hon skulle kunna dela det med så var det nog ändå denne försynte urmakare.

Hon tummade på boken som låg bredvid henne på trappstenen och tänkte på sin mammas hårda kamp för att skapa en ogenomtränglig yta över det som en gång varit.

Hon hade till sist ändå lyckats tränga ned djupt under denna yta dit ingen annan hade haft tillträde. Hon var säker på att där fanns mer att upptäcka, men hon hade samtidigt blivit starkt medveten om att det fanns en annan yta som också höll på att sprängas.

Det var hennes egen yta, hennes egen fasad, som hon själv skapat utan att kanske vara medveten om att det faktiskt blivit på det viset.

Nu öppnades också hennes eget kontrollerade liv för nya influenser, nya erfarenheter, nya mänskliga relationer och en ny syn på livets obegriplig-heter.

Det fanns så mycket när ytan brast.

Tidigare utgivna böcker av Arne (G D) Johansson:

Pelle Ström slår till	1975
Pelle Ström kommer igen	1978
Pelle Ström ger sig inte	1979
Pelle Ström i aktion	1986
Pelle Ström griper in	1987
Drömstället	1987
Sommarlyckans hemlighet	1988
Pelle Ström hjälper till	1989
Kollekten som försvann	1990
Pengarna eller livet	1994

Samtliga utgivna på Evangeliipress AB

Djupt under ytan (1:a uppl) B o D		2018
Labyrint	B o D	2019
Vidgad horisont	B o D	2019
Större än du tror	Marcus förlag	2019

Kontakt: arnegdj@me.com
0730517616

Ur VIDGAD HORISONT - andra boken om Monica i Dörja:

Monica Björkengren satt på trappstenen och njöt av den uppgående solens strålar. Allt runt omkring henne gav löfte om ännu en underbar sommardag. Det var blomdoft, fågelsång och ett stilla sus från den omgivande skogen.

Hon blundade och lät sig bara omges av allt det som naturen hade att erbjuda en dag som den här. Det var söndag och inget som krävde hennes uppmärksamhet eller engagemang. Visst kunde hon hitta ett antal olika saker att lägga händerna på, men det var inget som var absolut nödvändigt.

Hon lät tankarna komma och gå precis som de ville.

Det var mycket som hade hänt sedan hon läste den där annonsen om stugan i utkanten av Dörja by. Det var mycket som förändrat och påverkat hennes liv, hennes vardag, hennes sätt att se på tillvaron.

Hon visste med bestämdhet att ännu var hon inte framme vid någon form av mål. Det fanns fortfarande frågetecken som behövde rätas ut. Kanske var det också så att vissa frågetecken skulle förbli frågetecken för all framtid. Kanske fanns det frågor som inte hade något riktigt svar. Det fick framtiden i så fall utvisa.

Men mycket hade ändå hänt och mycket skulle förmodligen också hända i den okända framtid som en dag som den här kändes så hanterbar, så ofarlig, ja till och med lockande.

Ur JORDNÄRA - tredje boken om Monica i Dörja:

Det var midsommarvecka och Monica insåg att hon inte hade funderat över hur hon skulle fira midsommarhelgen. En anledning till att hennes tankar började cirkulera omkring detta var ett gammalt fotoalbum som hon hittat när hon gick igenom några kartonger som aldrig blivit riktigt uppackade.

Hon hade egentligen tänkt ägna kvällen åt städning, men så blev hon fast vid bilderna som upplivade en massa minnen från barndomstiden. Hon satt länge och tittade på en bild där hon hade försetts med en riktig midsommarkrans och där hon satt i pappa Henrys knä. I bakgrunden skymtade en massa festklädda människor och en midsommarstång.

Hon kände plötsligt en saknad efter både sin pappa och sin mamma. Minnena av Henry Björkengren hade med åren bleknat alltmer, men nu när hon satt med bilden framför sig blev han på nytt så levande och verklig för henne. Hon var tillbaka i sin barndoms dagar och kunde nästan känna hans starka armar omkring sig och se den kärleksfulla blicken som hon hade mött så många gånger under åren som hon fick ha honom som sin pappa.

– Pappa, mumlade hon. Du var verkligen en riktig pappa. Inte kunde jag då ana att jag skulle bli så upptagen med att försöka finna min verkliga pappa. Om du hade fått leva hade det nog inte blivit på det viset heller. Då hade jag kanske aldrig hamnat i de här trakterna, aldrig hittat den här stugan och aldrig blivit bekant med Tage eller Arvid eller Judit eller någon annan av dem som nu blivit centrala i mitt liv...